AF599871

DE CARAS Y DE CRUCES

Carmen Pérez de Alce

Aliarediciones

Corrección: Eladia Guerrero
Diseño de cubierta: Aliar Ediciones
Ref. Imágenes: *AdobeStock*
Maquetación: Aliar Ediciones

Depósito Legal: GR 505-2025
ISBN: 979-13-87590-91-8

Impreso en España

Edita
ALIAR Ediciones
www.aliarediciones.es
info@aliarediciones.es

DE CARAS Y DE CRUCES

DE CARAS Y DE CRUCES

A - CARAS

B - CRUCES

CARA A - PISTA 1

Alta cocina

Son las doce de la mañana del día veinticuatro de noviembre de dos mil veintitrés, fecha y hora que siempre quedarán marcadas en mi vida como un punto y final. O un punto y principio, todo dependerá de para dónde me lleve la tajante decisión que acabo de tomar... Bueno, más bien, que me han obligado a tomar. Lo que es seguro, como que me llamo Pepe, es que en cuanto llegue a casa me va a llevar a bronca de Maricarmen, bronca nivel guerra mundial, misiles incluidos, cuando le cuente... No quiero ni pensarlo, con lo mal que estamos últimamente, nuestras discusiones han ido aumentando al ritmo de mi mal rollo en el trabajo. La de hoy puede ser definitiva, mortal, sin posibilidad de armisticio; incluso puede que sea la puntilla final a nuestra relación, treinta años a tomar por saco.

Son las doce de la mañana del último lunes de noviembre, frío como los congeladores cinco estrellas, eficiencia energética A, de los que hay en el restaurante donde trabajo... Bueno, donde trabajaba. A ver cómo le explico a Maricarmen que mañana pasaré a engrosar las listas del paro. Miro al cielo gris, plomizo como mi ánimo, aún no hay prisa, tengo todo el día para prepararme, si no me congelo antes en este banco de la calle en el que me he sentado a calmar los nervios. Las palomas me han rodeado con intenciones evidentes, quizá verme todavía con el uniforme de cocinero y con dos cebollas en las manos, les da esperanza de buche lleno. Me acabo de dar cuenta de que me he largado con lo puesto. Nunca mejor dicho, con lo puesto y con las cebollas de la discordia. Debería volver, al menos a por el abrigo y los guantes, pero no hasta que el Imbécil se vaya del restaurante, no le voy a dar el gusto de que vuelva al ataque.

Me levanto de golpe y dando varias patadas al suelo aparto las palomas que, con su espantada, levantan un revuelo de hojas marrones y anaranjadas, como la piel de mis cebollas, que se adhieren al uniforme como un *collage* de esos que hacíamos en el colegio. Guardo en los bolsillos las cebollas, me sacudo la chaquetilla, me froto las manos, las llevo a mi boca, las soplo y salgo a paso de galgo hacia la cafetería que hay enfrente del que, hasta hace unos minutos, era mi lugar de trabajo.

El camarero me mira con cara de acelga cuando le digo que solo quiero un café, bien caliente. Yo creo que me reconoce, estoy seguro de que, con la poca clientela que tiene, se dedica a vigilarnos. Me habrá visto salir como una Kawasaki, con el Imbécil detrás pegándome gritos, con los brazos levantados: «¡Eso, lárgate con viento fresco y con tus putas cebollas a otra parte!». Lo del viento fresco lo clavó, desde luego. Y sí, me dejé el abrigo y los guantes, pero en las manos llevaba esas dos hermosas cebollas que ahora abultan mis bolsillos y que van perfumando poco a poco el ambiente.

Mientras remuevo el azúcar no quito la vista de la puerta por si sale el Imbécil y no dejo de pensar en cómo se ha liado todo. Con el buen ambiente que teníamos cuando el restaurante lo dirigía don Manuel, el padre del Imbécil. Pero, hace cuatro años, un autobús se lo llevó por delante, dejándonos al mando del creído de su hijo. El niño, que había estudiado en el Basque Culinary Center, esa academia vasca para cocineros que ya solo con ese nombre echa para atrás. La pusieron de moda los de ese programa infumable de la tele, concurso culinario, dicen. Pues sí, un dineral se dejó el bueno de don Manuel en la carrera del Imbécil: Diplomado en Alta Cocina. Con el padre aún caliente, allí nos colocó el diploma enmarcado y empezó con cambios que a ninguno nos gustaron un pelo. Pero al que menos a mí, que para eso era el jefe de cocina. Modificó la carta, poniendo unos nombres a los platos impronunciables e interminables; compró vajilla nueva de tamaño doble XL para que las minúsculas raciones que servía en ella pareciesen aún mucho más minúsculas, casi microscópicas, y subió los precios de forma proporcionalmente inversa. No así nuestros sueldos. Toda la plantilla fuimos asimilando de mala manera sus pijadas, como pudimos, alterando lo que había sido, hasta ese momento, nuestro *modus operandi*, como dicen en las series de la tele. Pero lo de hoy, lo de hoy ya era imposible de aceptar, intragable. Por ahí no paso, no señor, como que me llamo Pepe. Y Maricarmen lo va a tener que entender. Sí o sí.

Tanto pensar y el café se me ha quedado helado. Le pido otro al camarero que frunce el ceño, pero le lanzo una mirada fulminante, como las que le he dedicado al Imbécil esta mañana, y acata y se pone a la tarea aunque refunfuñando, como un niño cuando le obligas a comer brócoli. Miro el reloj, son ya las dos de la tarde, y el Imbécil sin salir. Es raro porque siempre se va a comer a su casa, que la tiene a la vuelta de la esquina. Nunca, nunca, por principios según él, come en el restaurante. Yo creo que es porque se queda con hambre, como todos, hasta sus clientes. Pero hoy, o no quiere comer, o sabe que estoy esperando para recoger mis cosas y me quiere seguir fastidiando la vida.

Porque eso es lo que ha hecho desde que cogió el timón, amargarme la existencia cada día con esas novedades suyas: emulsiones, bajas temperaturas; cocciones al vacío; deconstrucciones; esferificaciones y gelificaciones; técnicas que hasta trabajo cuesta pronunciar. Y ahí estuve, tragando y trasegando con semejantes chorradas. Hasta hoy. Lo de hoy ya me ha superado. No va y me dice, el muy imbécil, que va a innovar la receta de la deconstrucción de tortilla de patata y que le ponga puerro en vez de cebolla. ¡Puerro! El grito que he pegado, cebollas en mano, se ha oído por toda la cocina y parte del edificio. ¿Dónde se ha visto una tortilla, aunque sea deconstruida, sin cebolla? ¡Ay, si el bueno de don Manuel levantase la cabeza! Y ahí ya, como un torrente, nos hemos dicho de todo, lo que teníamos que decir y lo que teníamos que callar.

Son las seis ya y voy por el quinto café. Sale el Imbécil, por fin, en cuanto se pierda de vista iré a por mis cosas y para casa. Sé que Maricarmen me va a entender, ella es muy de tortilla de patatas. Esta noche le voy a preparar una de las mías, como me las enseñó hacer don Manuel, con estas estupendas cebollas que abultan mi chaquetilla. Espero que su degustación ponga las bases para una paz duradera, o al menos, quizá, para una tregua.

CARA A- PISTA 2

Dos horas

Te paras delante de la puerta del teatro a admirar los carteles que anuncian la obra, tu gran obra. Las palabras «HOY GRAN ESTRENO», cruzando en grandes letras rojas mayúsculas, atravesando la imagen de la actriz protagonista, hacen que te hormigueen las manos y los pies. Tantos meses adaptando el libreto, ajustando guion, escenas y gestos, jornadas de ensayos interminables, por fin llegó el gran día, el esperado estreno. Redes sociales y publicidad a mansalva en radios, televisiones y prensa han contribuido a que se haya vendido toda la entrada y esté casi al completo para el resto de la temporada.

Bueno, también algo ha tenido que ver el hecho de que la inigualable, la gran Irene Vallín aceptase el papel principal. Te costó volver a hablar con ella y al principio no fue fácil convencerla, pero tampoco parecía que hubiese recelo ni rencor. Lo pasado, pasado está, al fin y al cabo aquella relación no tenía ningún futuro, ella una veinteañera y tú, tú ya eras todo un padre de familia. Lo que decía, muy estirada como una marquesa de esas que tantos papeles ha representado, es que no se veía en el papel. Aunque en cuanto asomaron las cifras, ya se fue viendo más... Y aquí estás, a dos horas del gran momento, ignorante aún de la que se te viene encima.

Entras por la puerta lateral, tocando la pata de conejo que te regaló tu santa madre. Supersticiones de viejas, pero no la sueltas, que *haberlas hailas* como diría un gallego y, total, daño no hace. Te asomas al escenario: tramoyistas, electricistas, decoradores, dando el último toque, la última revisión para que todo salga perfecto. «¡Buenas tardes!», les gritas, ellos te responden: «¡Mucha mierda, jefe!». Eso, que toda mierda es poca. Te diriges a los camerinos, primero saludas a las chicas, que andan retocando maquillajes, peinados, vestidos. Responden como colegialas con risas nerviosas. La sastra da una última puntada en el traje de una de ellas, mientras te sonríe guiñándote un ojo: «¡Mucha mierda, dire!». Y todas la corean al unísono.

Llegas a la puerta de la gran diva, llamas suavemente con los nudillos. Nadie responde. Golpeas más fuerte, una, dos, tres veces: silencio. Abres la puerta del tirón y ¿dónde está? Dentro no, desde luego. Te vuelves gritando, hecho un basilisco, por el pasillo mientras todas las puertas se abren y se van asomando actores y actrices, sastras, maquilladoras y peluqueras, hasta el escenógrafo ha llegado corriendo.

—¿Alguien ha visto a esta mujer? Ya tenía que estar aquí. Apenas quedan dos horas para levantar el telón —dices, tan alto que tu voz retumba como si un seísmo de siete grados en la escala de Richter surgiera desde los sótanos del teatro.

—Ya sabes, ella siempre tiene que hacerse notar y dejar claro que no es como los demás. —El actor protagonista te responde con ese tonito de suficiencia tan suyo que te pone de los nervios, más de los que tienes ya. Coges el móvil, buscas su contacto, pulsas, suena, suena y suena. Salta el contestador. Y empiezas a jurar en todos los idiomas que sabes. Y en los que no sabes, también.

—Tranquilo, seguro que viene maquillada y peinada de casa, esa no sale a la calle al natural ni para ir a la compra —interviene con retintín una de las peluqueras, lo que provoca la risa incontrolable del personal.

—Vosotros a lo vuestro, id terminando que quiero daros unas últimas indicaciones en el escenario. —Miras el reloj y no te lo puedes creer, solo queda hora y cuarto para que empiece la representación—. Nos vemos allí media hora antes de empezar la función. ¿Oído todo el mundo?

Como si hubiese caído una piedra en un hormiguero, el elenco se dispersa y cada cual se mete en su camerino, cerrando puertas de golpe. En cuestión de segundos el pasillo está completamente vacío. Y tú te quedas solo, con la única compañía de tus nervios. Vuelves a marcar el número de la desaparecida; nada, no contesta. Comienzas a andar pasillo arriba, pasillo abajo. Mandas varios mensajes, igual resultado. Cero respuestas. Van pasando los segundos, los minutos, a velocidad de vértigo. Algo te dice que lo mejor será que la suplente se prepare, una sombra negra se ha instalado en tu cabeza. Vuelves al camerino y el enjambre femenino se gira como en una ensayada coreografía en cuanto abres la puerta.

—Alicia, prepárate, que esta mujer no aparece... ¿Alicia?

—Alicia no ha venido hoy, está en Valencia visitando a su madre —te contesta una de las secundarias con apenas un hilo de voz.

—¿Cómo dices? —preguntas, mientras tu cara cambia de color al pálido casi transparente y tu estómago se rebela, provocándote una náusea que te impide seguir hablando.

—Irene le dijo que aprovechase para ir a ver a la familia, que no se preocupase. ¡Cómo iba a faltar ella el día del estreno! —remata la maquilladora que se había quedado quieta como una estatua con la esponjilla del colorete en la mano.

Entonces todo tu mundo se derrumba. Caes de rodillas, metes la cabeza entre tus manos y el alarido se escucha por todo el teatro, la escala de Richter ha aumentado unos cuantos grados más. Todo el personal te rodea, algunos cuchichean entre ellos, otros intentan calmarte, te dicen que vendrá, que no te preocupes, que seguro que aparece en el último momento, que es todo por hacerse de rogar, que ya sabes cómo es de pejiguera, que así hablan de ella que es lo que le encanta, que tanta fama se le ha subido a la cabeza hace tiempo y que no tiene remedio. Y te traen agua, y la rechazas; y te dan un pañuelo y lo apartas; no quieres nada, solo quieres morirte en ese instante, que un rayo te fulmine y te deje seco.

Pues bien sabes que no vendrá, la sombra negra te dice que no podrás estrenar ni hoy ni mañana, que de nada te servirá toda la mierda del mundo ni pata de conejo que te libre de la ruina. Ruina que, bien es cierto, te has buscado tú solito. No habría otra actriz a la que contratar, tenía que ser ella. Pensaste que habría olvidado, que al fin y al cabo no fue para tanto. Y ella llenaría el teatro más que ninguna otra, porque era la mejor, siempre lo fue, para eso te encargaste de enseñarle bien el oficio. Sin ti nunca habría sido lo que es, nadie se habría fijado en esa mocosa. Y cuando vas a empezar a soltar tu mejor repertorio de maldiciones sientes cómo el móvil vibra: notificación de mensaje, lo sacas ante la expectación del personal que se aparta para que te incorpores. No lo haces, sigues sentado en el suelo como un crío, espatarrado, con el teléfono entre las temblorosas manos y lees en la luminosa pantalla: «*Ciao*, querido. Tenías razón, por fin llegó mi mejor momento».

CARA A - PISTA 3

Un mundo mejor

La oscuridad de la calle le protege. A pesar de ello, gira la cabeza rápido a ambos lados y hacia atrás para asegurarse de que nadie le ha visto salir de la alcantarilla. El corazón galopa entre sus pulmones como un purasangre, sangre como la que se acuerda lleva en sus manos. Las mira, las voltea y las acerca a sus ojos. «Maldita presbicia». Todo lo sigiloso que puede se mete en el zaguán de la primera tienda que encuentra. También está oscuro, no hay luz en los escaparates, «bendito ahorro energético», con mucho cuidado saca del bolsillo de la chaqueta un bote de gel hidroalcohólico, «bendito covid», se rocía las manos hasta vaciarlo por completo. Se las frota enérgicamente como si quisiera limpiar no solo la sangre, también la suciedad del acto que acaba de cometer.

Le duelen. Los nudillos le duelen a rabiar. A ver cómo le cuenta esto a su mujer, aunque ella nunca pide explicaciones. «Bueno, vayamos por partes», se dice, mientras coge aire y lo suelta un par de veces. Vuelve a cerciorarse de que no hay nadie a su alrededor y sale con paso decidido hacia ninguna parte. Tiene que ordenar su cabeza, él que es tan ordenado, siempre tan exigente con los demás y consigo mismo, ahora tiene todos los pensamientos al retortero. Va de uno a otro sin concierto, necesita un momento para poner dique al torrente que le atruena la cabeza.

Se sienta en un banco, apoya los codos en sus piernas con la cabeza entre las manos. Se da cuenta de que tiene los pantalones y los zapatos también sucios. Sacude unos y limpia los otros con el pañuelo bordado con sus iniciales que siempre lleva pulcramente doblado, asomando al bolsillo de la pechera de su chaqueta. Dos letras: «PM» con ribete hacia arriba en la última pata de la «M» de Martínez. Las mira y pasa un dedo por el relieve azul antes de cometer el atentado. Uno de los últimos pañuelos bordados por su madre convertido en bayeta de zapatos, si la pobre levantase la cabeza, no reconocería ni al pañuelo ni a su propio hijo, jamás. «Primitivo, hijo, ¿qué has hecho?». «Un mundo mejor, madre».

Hoy es su cumpleaños, 27 de noviembre, el frío comienza a hacer presencia en la noche de la gran ciudad. Sesenta recién cumplidos, sesenta años cargando con su singular nombre, el santo del día, dijo el abuelo. Se acabó la pelea, ni para ti ni para mí, ni Antonio ni José, santoral en mano, pila bautismal y en paz. Siempre estuvo seguro de que su nombre había modelado su carácter, hoy más que nunca. También sabe que si su mujer hubiese ido con él al teatro nada habría sucedido, ella le habría cogido la mano, le habría calmado, le habría cambiado el pie, ella sabía llevarle. Pero no, ella no había venido y, en su lugar, el azar colocó a esa mujer, una larguirucha rubia de bote. Justo en la butaca de su derecha, allí estaba esa individua con un penetrante perfume y uñas largas como días sin pan, pintadas de un rojo exagerado, brillante. Aunque no más brillante que la pantalla de su móvil.

Si su mujer hubiera podido adivinar nunca le habría regalado esa entrada de teatro. Pero ella sabía que, después de ella y del arroz con leche, era lo que más le gustaba del mundo. El telón de terciopelo rojo con bordones dorados, esos movimientos sensuales que hacen los pliegues de las telas cuando se corren hacia los lados dejando el escenario desnudo ante los espectadores. Y el silencio. Ese silencio que le emociona hasta el tuétano. La oscuridad y la concentración de la vida en la tarima elevada, el centro del universo entre cortinas. Pero ese silencio, ese hechizo, ese maravilloso momento, esa tarde fue violado repetida e insistentemente por la maldita rubia de bote con sus uñas golpeando la pantalla del móvil.

Con lo grande que es la ciudad, con lo grande que es el teatro, le tuvo que tocar esa mujer justo al lado. Ni delante ni detrás, al lado mismo. Meneando esa melena a un lado y a otro, esparciendo su intenso y apestoso perfume y, sin duda, lo peor de todo, sin soltar el móvil en ningún momento. De nada sirvieron las indirectas al principio, movimientos de cabeza, roce de pierna o pequeños codazos, ni las directas al final, «por favor, apague el móvil, aquí no se permite», «ya está bien, me está usted molestando». De nada sirvieron ni las suyas ni las de los espectadores adyacentes. Hubo un momento en que parecía haber entrado en razón, pero tan solo había quitado el sonido, el chisme seguía vibrando e iluminando el sacrosanto patio de butacas como una feria navideña. La sangre empezó a hervir por las arterias y venas de Primitivo, los puños cerrados, la mandíbula encajada, no conseguía concentrarse en la representación. Brillos y más brillos, destellos deslumbrantes que como pulsos iban alimentando su ira y, por último la traca final cuando, tras una intensa vibración, se la escuchó decir en un bronco intento de murmullo: «Ay, cariño, luego te llamo que estoy en el teatro». Ahí tuvo claro que el mundo estaría mucho mejor sin personas como ella.

Se aisló de la representación y ya no pudo dejar de pensar en cómo matarla. Ideó una y mil maneras, todas le parecían demasiado suaves, en ningún momento visualizó la que el destino le tenía preparada. Cuando acabó la función, la mujer se levantó y salió ignorando las miradas de odio de la gente a su alrededor. Primitivo incluido. Decidió seguirla. Caminando tras ella ni muy lejos ni muy cerca, pronto los espectadores se fueron difuminando y tan solo quedaron ellos dos. Desembocaron en una estrecha calle en obras, ella, cabeza inclinada, pendiente de su móvil, taconeando como un martillo hidráulico, no se dio cuenta de que la seguía, hasta que un inesperado tropezón hizo que el maldito teléfono volara de sus manos y, tras tres o cuatro rebotes, se deslizara dentro de una alcantarilla que tenía la tapa medio abierta. Oírla chillar le produjo una sensación indescriptible.

Lo que sucedió después fue como si hubiera estado escrito previamente en un guion, como si el destino tuviera preparada la escena. Ofrecerse a ayudarla, apartar las vallas amarillas y cortar los plásticos rojos y blancos, apartar, con no poco esfuerzo, la tapa redonda y metálica, «baja tú que eres más delgada», lanzar ella los tacones contra la pared y comenzar a descender rápido, con ansia. Primitivo sacar su móvil, iluminar bien el hueco, agarrarse con una mano a la escalera y, sin prisa, bajar detrás. Y una vez abajo, disfrutar viendo cómo seguía buscando desesperada, doblada, palpando la mierda sin importarle nada. Poder golpearla en ese momento, pero esperarse, esperar a que la rubia de bote encontrase su tesoro, entonces cuando ella se incorpora y mano en alto le mira triunfante, Primitivo hace honor a su nombre y lanza su puño una y otra vez contra la nariz de la mujer sintiendo cómo su efímera felicidad se quiebra para siempre.

A ver ahora cómo le cuenta a su esposa que ha descubierto algo que le gusta mucho más que el teatro, que ella y que el arroz con leche.

CARA A - PISTA 4

Esperanza

Era una mañana de cielos encapotados, de esos que amenazan lluvia, pero que no llegan a cumplirla. Esperanza inspiró con fuerza, como si llenando sus pulmones se insuflase de esa energía que había perdido al pegar el portazo de despedida, y se paró delante del portal pertrechada con toda la equipación necesaria, a saber: paraguas, gorro, impermeable y unas botas altas, negras, a juego con su bolso y su maletín. Le encantaba ir bien combinada, por algo su película favorita era *El diablo viste de Prada*. Iba «muy elegante, como siempre», le había dicho su pareja unos minutos antes, dejando caer ese «como siempre» como un fardo, tras un largo espacio incómodo. Uno de esos espacios cada vez más habituales en su vida en común, que de común iba teniendo cada vez menos.

Su pareja se había quedado en casa, como hacía todos los días últimamente. Desde que la empresa en la que trabajaba quebró, había pasado a formar parte de la inmensa lista de personas en búsqueda activa de empleo. Bueno, en su caso, muy activa no era, pensó Esperanza, aunque encendía su portátil todas las mañanas, eso sí. Buscaba en un par de páginas pero enseguida otras distracciones llamaban su atención. Las redes sociales eran mucho más interesantes que las ofertas del servicio público de empleo.

Y como todos los días, esa mañana también, habían discutido, comenzando con Esperanza protestando a ese envenenado «como siempre», echando en cara la apatía y dejadez de esa persona con la que compartía su vida:

—Tú sí que siempre estás igual, ya ni siquiera te quitas el chándal, deberías ducharte, vestirte y salir a la calle, al menos podías hacer algo de ejercicio —le dijo, elevando gradualmente la voz hasta alcanzar un tono de *mezzosoprano*.

—Olvídate, no pienso salir. Además parece que va a llover. No necesito vestirme, no como tú, que vas tan elegante... como siempre —volvió a repetir, dándole la espalda y metiéndose de nuevo en la cama. Esperanza soltó el aire de sus pulmones vaciándolos por completo, como si así se vaciase toda su frustración. No contestó, se dio media vuelta, cogió sus cosas y salió del piso pegando un portazo más fuerte que de costumbre.

Antes de salir a la calle se sujetó las lágrimas que luchaban por brotar, cada día con más fuerza, cada día costaba más pararlas. Se subió a un taxi que la llevó en unos pocos minutos hasta el despacho de abogadas en el que trabajaba. Justo ese día se cumplía el décimo aniversario de su ingreso en el bufete. Empezó como pasante, chica de los recados y reina de las fotocopias, pero rápidamente subió de nivel; según le dijo su jefa cuando la contrató, era un brillante sin pulir, pero la pulieron deprisa. Y ella se dejó pulir. Hizo jornadas interminables y consiguió promocionar por delante de compañeras más veteranas, lo que le granjeó el rechazo de prácticamente todas ellas. Aunque ese mismo aislamiento le proporcionó el mejor puesto del bufete: la mano derecha de la gran jefa.

Entró en su despacho desabrochándose la gabardina y soltando maletín, paraguas y gorro encima del sofá que tenía a la derecha. Entonces se fijó y vio que no era su sofá de siempre. En su lugar había un Chester[1] de color marrón, rodeado por un gran lazo rojo. Se acercó a coger el sobre que estaba pegado al lazo y lo abrió con rapidez, rasgando el papel: «Feliz aniversario, querida. Te espero en mi despacho a las diez. Besos. Patricia».

Patricia Shaw Martínez-Pardo era la presidenta del bufete Martínez-Pardo y Asociadas, herencia de su madre, famosa abogada y activista feminista de la época de la transición, que había conseguido su sueño: fundar un bufete formado única y exclusivamente por mujeres. Desde su presidenta hasta la última de las empleadas, y orientado a clientela femenina, por supuesto. Desde que

---

1. Chester: Abreviatura de Chesterfield, es un sofá con los brazos y el respaldo a la misma altura. Este nombre pasó a designar cualquier tipo de sofá abotonado y tapizado en piel. De origen elitista.

un fulminante cáncer se la llevó, Patricia dirigía la nave con mano de hierro y tacón de acero.

A las diez en punto, Esperanza acudió a su cita. Patricia se levantó de su enorme silla de presidenta y, sonriendo de oreja a oreja, se dirigió hacia ella. La abrazó muy fuerte, como hacía siempre, y dio dos sonoros besos al aire, muy cerca de las mejillas. Nunca hay que fiarse del pintalabios aunque lo anuncien como permanente. Ya se sabe que pocas cosas hay permanentes en la vida.

—Felicidades, preciosa —le dijo, acariciándole la larga melena.

—Gracias, Patricia, la verdad es que sin ti no estaría yo aquí. No habría llegado tan arriba, ni tan rápido —contestó Esperanza, con una amplia sonrisa de satisfacción, se sentía como un globo a punto de explotar.

—De eso nada. ¡Eres la mejor abogada del mundo, querida! De hecho, este bufete sí que no sería lo mismo sin ti —dijo la presidenta, elevando las manos y haciendo un gesto de abarcar todo el espacio a su alrededor.

—¡Qué aduladora eres! Hay que ver cómo te gusta alimentar mi ego. Por cierto, me encanta el Chester, a ver cuándo lo estrenamos... —le dijo, dedicándole una mirada burlona—. Si quieres pedimos algo para comer en mi despacho y aprovechamos para terminar de preparar el juicio de las hermanas Renard.

—Pensaba que comerías con Susana, para celebrar... —empezó a decir Patricia, pero Esperanza no la dejó terminar. De repente, como si fuera un surtidor de riego automático, empezaron a salir atropelladamente las palabras por su boca, a borbotones:

—¡Susana, Susana, estoy harta de Susana! Sin hacer nada todo el santo día, se pasa las horas encerrada en casa, sin buscar trabajo, sin ducharse, sin vestirse, parece una pordiosera. Por más que le digo que no puede seguir así, que quizá tendría que buscar ayuda, ella nada, ni se inmuta. Eso sí, bien que me lanza sus dardos, que si voy elegante siempre, que si mi pelo y que si mis zapatos... Paga su frustración conmigo. ¡No puedo más, te lo juro! Creo que el siguiente caso que tendrás que llevar será mi divorcio. —Y terminó la frase llorando, hipando como una niña pequeña.

Patricia la volvió a abrazar, esta vez con un calor diferente, mientras limpiaba sus lágrimas empezó a susurrarle palabras de aliento.

—Tranquila, cariño, desahógate todo lo que necesites, no hay nada mejor que echar todo fuera, ven, siéntate. —Y la llevó despacio hacia su sofá, un Chester idéntico al que acababa de regalarle.

Esperanza se recompuso tan deprisa como se había derrumbado, era una experta en el arte de la transformación.

—Ya estoy bien, perdona, es que ya no soporto esta situación, tengo que hacer algo o me volveré loca.

Entonces Patricia le cogió las manos y, mirándola con infinita ternura, le dijo:

—Quizá ha llegado el momento de que cambies de pareja...

Media hora más tarde, Esperanza salió del despacho directa hacia el cuarto de baño a retocarse el maquillaje para continuar con su agenda. A su espalda, resonando, el cuchicheo del personal, se dio la vuelta y les lanzó una fulminante mirada que provocó, en cuestión de microsegundos, un silencio absoluto. Taconeando, erguida como una diosa, retomó su camino.

Entró en el baño dando un portazo, el segundo del día, y soltó otra descarga pulmonar pero esta vez en forma de enorme suspiro. No se podía creer el giro que había dado su vida en cuestión de horas. Había pasado del llanto a la sonrisa, de la pena al placer sin preaviso, con lo que le gustaba a ella tenerlo todo controlado. ¡Quién le iba a decir que Patricia estaba enamorada de ella! Ya ni recuerda cuánto tiempo hacía que no tenía esa intensa emoción de sentirse querida... y de querer ella también.

Acercándose mucho al espejo dio cuenta del desastre. Comprensibles los cuchicheos del personal cuando salió del despacho de su jefa. Abrió uno de los cajones del mueble que había debajo de los lavabos y pensó que esta era otra de las cosas que le encantaba de trabajar en un bufete exclusivamente femenino: había arsenal cosmético suficiente para reparar el rastro de los besos que, hacía unos minutos, Patricia repartió por toda su cara, su cuello, sus pechos... Mejor no seguía recordando, porque el murmullo en su entrepierna iba subiendo en intensidad y todavía tenían mucho trabajo por delante. Ya retomarían después, cuando se fueran todas.

Y ya pensaría cómo y cuándo se lo diría a Susana. Quizá cuando volviera a casa, por la noche, aunque sabía seguro lo que iba a pasar, se haría la víctima. Se la encontraría repantigada en el sofá viendo la enésima serie de moda, con el chándal de todos los días y la casa llena de mierda. Y repetirían la bronca agria que no conduce a ninguna parte, pero esta vez conduciría, claro que conduciría, ahora tenía un objetivo, una ilusión.

Esperanza salió del baño tan henchida de amor, hacia sí misma y hacia Patricia, que sintió que iba a reventar el traje. Los tacones, resonando como yegua ganadora mientras iba camino a su despacho, hacían que todas volvieran a levantar la vista, pero ahora no había chismorreos. Al contrario, un silencio absoluto de presagio de tormenta, ni siquiera los teléfonos sonaban, una tensión contenida que se rompió en el momento en que su secretaria le dijo temblorosa:

—Esperanza, su suegro está en su despacho, perdóneme, no he podido evitar que entre.

—¿Mi suegro? ¡No puede ser, tenemos la reunión con las hermanas Renard! ¿Por qué no le dijiste que no estaba? Haberle puesto una excusa, mujer —protestó enérgica, pero sin alzar mucho la voz, como un quiero y no puedo.

—Le juro que lo he intentado, pero ha sido imposible, parecía muy afectado, lo siento mucho.

Con gesto de fastidio Esperanza levantó la mano ante la cara demudada de su secretaria para frenar el chorreo de excusas, mientras pensaba en qué le pasaría a su suegro, con lo bonito que se había puesto el día.

—Vale, está bien, pero en cuanto lleguen las clientas me avisas, ¿entendido?

—Sí, sí, no se preocupe, así lo haré. —Y la chica abrió la puerta del despacho agachando la cabeza, como la mejor de las sirvientas.

Allí estaba su suegro, de espaldas, mirando por la ventana, pero incluso sin verle la cara ya supo que la conversación iba a ser difícil. Menos mal que será breve, miró su reloj, quedaban apenas diez minutos para la reunión.

—Pero bueno, Antonio, ¿cómo tú por aquí? ¿Sucede algo? —dijo, poniendo expresión de sorpresa. Otra vez la reina de la transformación.

Antonio se giró lentamente y su rostro no podía ser más explícito. Los ojos enrojecidos, la cara gris, la boca rígida, en un rictus de dolor infinito, dolor de padre.

—¿Dónde estabas? ¿Por qué no has cogido el móvil? Susana te estuvo llamando y yo también —le gritó.

—Haz el favor de bajar la voz —le dijo, con energía pero sin mover un músculo de la cara, sin elevar ni un tono la suya—. De sobra sabe tu hija que tengo muchísimo trabajo, que si no es por mi sueldo a ver de qué vamos a vivir. ¿Se puede saber qué le pasa?

—Le pasa que está en el hospital, le pasa que le han tenido que hacer un lavado de estómago porque se ha tomado un montón de pastillas con alcohol —le dijo, volviendo a elevar la voz conforme se acercaba a ella—. Le pasa que si no llega a ir su madre ahora estaría muerta... eso, eso le pasa. —Y se quedó con la frente apoyada en la de Esperanza, que en ese momento ya no podía respirar. Y con los puños apretados y la cara desencajada, escupiendo cada palabra, terminó diciéndole:

—¡Por tu culpa, todo por tu culpa!

Esperanza se apartó de golpe y consiguió separar su cabeza de la de ese hombre que nunca la quiso y, cogiendo todo el aire que sabía iba a necesitar, de nuevo sin alzar la voz pero temblando por dentro, le dijo:

—Por mi culpa no, Antonio, por la suya. Desde que la despidieron ha ido a la deriva y no se puede ayudar a quien no se deja. Siento mucho que todo haya salido de esta manera, pero nada hay que ya pueda hacer, aunque lo intenté, bien sabes que lo hice, aunque quieras convencerte de lo contrario... Quizá vosotros la podáis levantar, yo me rindo.

En ese instante la secretaria dio un pequeño toque con los nudillos en la puerta y la abrió de golpe:

—Disculpe, Esperanza, la esperan en la sala de juntas. —Rompiendo la tensa situación en el momento justo, apartó rápido la mirada. Nunca había visto a su jefa con los ojos llenos de lágrimas.

Antonio se dispuso a salir del despacho, con la cabeza hundida entre los hombros, y casi en un susurro, dijo a modo de despedida:

—Espero que al menos vayas a verla al hospital.

—Eso ni lo dudes —respondió Esperanza, mientras frenaba el llanto con la maestría que la caracterizaba. Estirando su chaqueta bien hacia abajo, salió detrás de él, atravesó esta vez sin taconeo, el denso silencio instalado en la oficina hasta la puerta de la sala de reuniones, donde se encontró de frente con la mirada de Patricia.

—Márchate, no te preocupes, ya me hago cargo de la reunión —le dijo Patricia, dirigiéndose hacia ella y apretando con fuerza sus manos. Esperanza ya no podía luchar más y dejó salir su pena despacio, en forma de dos regueros negros que iban bordeando sus mejillas. Al final resultó que el rímel tampoco era permanente.

CARA A- PISTA 5

Ojalá llegue pronto el invierno

Es la hora de salida de los colegios, el mejor momento del día para mi hija y el peor para mí. Miro el reloj, apenas quedan dos minutos para el estallido infantil y mi radar se activa, ojalá mi cabeza pudiera girar trescientos sesenta grados. Me apoyo en la pared del patio que está justo frente a la puerta de salida, allí hemos quedado en que la recogeré siempre, en ese mismo sitio. Siempre. Ella lo sabe y su profesora también. El día que no me vean allí, ni la profesora soltará a mi niña de la mano ni mi niña saldrá corriendo a buscarme.

Después del primer barrido visual aflojo un poco los hombros. No mucho, en alerta siguen todos mis sentidos. Veo acercarse a Marta, nombre tan ficticio como el mío, como nuestras vidas en este momento. Quiere sonreír, pero no le sale, sus labios han olvidado cómo curvarse, ella también alerta, girando la cabeza a ambos lados hasta que llega a mi altura.

—Hola, he traído la merienda de las niñas —me dice seca, directa, sin dejar de mirar alrededor.

—Gracias, Marta, pensé que me daría tiempo a pasar por la casa, pero el metro se me dio fatal —le contesto también sin apenas mirarla.

—No te preocupes, Aurora tenía preparados un montón de bocadillos. Y mañana verás qué fiesta de cumpleaños le prepara a tu niña. Es un encanto esa mujer —comenta, poniéndose a mi lado y apoyándose también en la pared.

—Las niñas la quieren como a una abuela —le contesto, cogiendo la bolsa que me entrega.

—Y yo como a una madre —dice Marta. Y a las dos se nos empaña la mirada.

La llegada intempestiva de nuestras hijas frena el incipiente lagrimeo, se agarran a nuestras piernas, nos agachamos, derroche de besos y achuchones. La nena de Marta está malita, dice. Se acerca la profesora y comenta que a última hora se quejó de la cabeza, que le tomaron la temperatura y tiene unas décimas. Se marchan a la casa. Me muero de la envidia, yo también quiero irme. Toco la frente de mi hija, nada, fresca como una lechuga.

—Mami, nosotras vamos al parque, ¿verdad, mami? Si yo no estoy malita, mami —insiste mi nena, tirando de la manga de mi chaqueta.

—Claro, cariño. Mira, Marta nos trajo la merienda. —Y cojo su manita para poner rumbo al parque, no sin antes echar una última ojeada a nuestras espaldas y a los laterales.

A estas horas el parque parece una feria, como esas de verano en los pueblos costeros. Como la de mi añorado pueblo, con sus fuegos artificiales y sus algodones de azúcar. Una explosión de petardos infantiles, con sus correspondientes gritos, llena de colores el ambiente con las criaturas correteando por todas partes. Debo activar el radar a doble velocidad y dejar a mi hija hacer lo propio, despegarse de mí tanto que me duelen los ojos del esfuerzo por seguir sus movimientos, columpio arriba, tobogán abajo.

Menos mal que es un parque pequeño, un parque de barrio, metido entre cuatro calles, bordeado de todo lo necesario; además del colegio, un centro comercial, una biblioteca y una iglesia. Aunque es pequeño, no le falta de nada, hasta *pipican* tiene, pero siempre está vacío. Los perros prefieren disfrutar de su recreo alrededor de los humanos. La verdad es que me gustaría saber de quién fue tan genial idea: un cuadrilátero con arena tan sucia que ni los propios canes quieren pisarla, cercado como si fuese un corral.

Hay varios bancos repartidos con orden y concierto, y algunas mesas con asientos fijos, con un tablero de ajedrez dibujado en el centro, desgastado por los años, o por las partidas de los parroquianos. En una de esas me siento siempre, la que está en la esquina, la que tiene mejor visibilidad. Hoy hay sentada una mujer, está tan concentrada escribiendo en un cuaderno a gran velocidad que no se ha percatado de mi presencia.

—Perdone, si no le importa que me siente —le digo, sentándome sin mirarla, siempre con el ojo puesto en mi pequeña.

—No, no, claro, siéntese, no me molesta, las mesas son de todos —contesta la mujer y de reojo veo cómo recoge el montón de hojas que tiene desperdigadas por encima del gastado tablero de ajedrez.

—No se preocupe, no necesito la mesa, solo sentarme aquí, nada más. Prometo no molestarla en su trabajo —le digo, mientras la nena se balancea con otro niño en un columpio de esos que uno sube y el otro baja.

—Intento ser escritora y el profesor del taller de escritura nos ha sugerido escribir al aire libre, para llamar a la inspiración, pero no se crea, parece que no me funciona mucho —dice la mujer, dejando salir un suspiro.

No le contesto, no tengo ganas de conversación, aunque seguro que si le contase mi vida tendría para escribir una novela. Miro el reloj de un vistazo, por lo menos aún me queda una hora de tortura. Ojalá venga pronto el invierno y llueva y haga frío y nos tengamos que ir a la casa al salir del cole, a ver los dibujitos, a hacer las tareas, a jugar a las cartas. Este verano eterno me va a romper los nervios. Maldito cambio climático.

La mujer vuelve a su escritura, aunque noto cómo, de vez en cuando, se para y se queda observándome. Pensará que soy una maleducada, pero me da lo mismo, hace mucho tiempo que me da igual lo que la gente piense o deje de pensar de mí, lo único importante en este mundo soy yo. Yo y mi niña. Como siempre me dice Aurora: primero tengo que cuidarme yo para poder cuidar de ella.

La veo cómo corre, tan ajena a todo, parece una potrilla desbocada. La verdad es que ahora mismo merece la pena la tortura por verla disfrutar. Aquí es tan feliz, ni recuerda ni pregunta, ni se ensombrece su mirada, como cuando se acuerda de nuestra casa. Nuestra casa. El nudo en la garganta que siempre acompaña a esas palabras comienza a apretar con ganas. Nuestra casa. Nuestro pueblo. Nuestra familia. Mis padres, mis hermanos, mis amigas.

—Tenga. —La voz de la señora interrumpe mi pensamiento, mientras un pañuelo de papel aparece ante mí. No me he dado cuenta de que las lágrimas han empezado a brotar sin permiso, con voluntad propia. Silenciosas, como todo en mi vida últimamente.

—Gracias, me acordaba de mi infancia, hace poco que murió mi abuela —le miento.

—Tranquila, es bueno llorar, el dolor, si no, se enquista y es peor.

Pero ya no la escucho. Me levanto de golpe. No veo a la niña. Ha sido un segundo, lo que he tardado en limpiarme, un breve parpadeo. Y ya no está. Abro mucho los ojos, giro la cabeza, hago un barrido rápido a la izquierda, otro barrido lento a la derecha. Otra vez, y otra, mi cabeza parece una peonza. Nada. No la veo. La mujer me sigue hablando, pero no la escucho. Salgo disparada hacia los columpios, nada; tobogán, nada; balancín, nada. El sudor desborda mis manos, mis axilas, mis piernas, en la cara se confunde con mis lágrimas. Vuelvo a girar sobre mí misma, otro recorrido por todo el parque, sigo sin verla. Me paro en seco y empiezo a gritar, grito, grito su nombre, con las manos en mi boca a modo de altavoz. Vuelvo a dar vueltas sobre mí misma, y grito y grito, cada vez más alto, desgarrando mis cuerdas vocales y mis labios.

Lo sabía, sabía que al final me la quitaría, ese hijo de Satanás. No puede ser, solo han sido unos segundos, no debíamos haber venido al parque, esa mujer no tenía que haberme hablado, yo no debía haberla ni escuchado, ni mirado siquiera. A saber si no estará compinchada con él, el muy hijo de puta, capaz es de cualquier cosa. Con dinero se compra todo, decía. Me pongo en el centro del parque, entre todos los columpios, y de nuevo grito el nombre de mi niña con todas mis fuerzas, como si fuese una náufraga en el inmenso océano multicolor que me rodea.

—Mami, mami, estoy aquí, mami. —La voz de mi niña y sus brazos rodeando mis piernas hacen que me doble y caiga de rodillas. La abrazo, cojo su carita con las manos, la beso, la lleno de sudor y lágrimas. Y acaricio su pelo, y vuelvo a tocarla entera, como si quisiera comprobar que no le falta nada, que es ella, que no es otra, que no me la han cambiado, que no me la ha quitado.

—Menudo susto se ha dado, mujer. Venga, venga conmigo, tengo agua, le vendrá bien. —La señora que quiere ser escritora me lleva cogida del brazo que tengo libre, del otro sujeto a mi hija apretándola fuerte contra mí, como si quisiera adherirla para siempre a mi cuerpo—. Una vez mi hijo pequeño se perdió en la playa, le teníamos al lado, pero, entre tanta sombrilla y tanta gente, no le veíamos. ¡Qué momento tan angustioso! Tenga, beba un poco de agua a ver si se le pasa el disgusto.

Y con la mano temblorosa cojo la botella que me ofrece, me bebo el agua que calma mi garganta arrasada y le doy también a mi niña que, pobrecita, llora sin consuelo. Poco a poco me recompongo como puedo, me sueno la nariz y me limpio la cara. Aunque lo intento, el nudo no me deja hablar, apenas en un susurro le doy las gracias a la mujer y me llevo a mi hija a la casa, rezando para que pronto, pronto, llegue el invierno.

CARA A- PISTA 6

Corazón explotado

Sentado en un banco en la ribera del Manzanares, así encontraron a Pablo la madrugada del jueves pasado, quince días antes de cumplir los treinta y tres. Sentado y helado, con la mirada helada también, perdida más allá del río, de la M-30 y de la Casa de Campo. La mirada perdida más allá del horizonte, ese horizonte que nunca sabremos de qué color vio en su último suspiro.

Sentado y helado, con su uniforme azul de conductor de autobús madrileño, camisa azul claro de manga corta, con el logotipo amarillo de la empresa serigrafiado en el bolsillo, y pantalón azul marino. Estaba sentado y helado, más bien repantigado, espalda apoyada en el banco de madera, brazos y piernas estirados, cabeza hacia atrás, como si le hubieran dejado caer desde lo alto como un muñeco usado. Y descalzo, Pablo estaba descalzo. Los húmedos calcetines dentro de los zapatos negros, casi blancos del barro que los cubría, colocados, muy bien colocados uno junto al otro, con los cordones desatados, al lado de su pierna derecha, como si esperasen la llegada de los Reyes Magos. Así encontraron a Pablo la madrugada del jueves pasado.

El inspector al mando había ordenado acordonar la zona para evitar que los curiosos degradaran con su presencia lo que podría ser el escenario de un crimen. Aunque, a primera vista, no se apreciaban señales de violencia en el cuerpo sentado y helado de Pablo, nunca se sabe y todas las precauciones son pocas, más de un inspector ha caído en desgracia por un quítame allá una colilla. Acababa de estrenar su cargo y era su primer caso con muerto, quería hacer un buen trabajo. Con aire satisfecho observó a los especialistas, enfundados en sus monos blancos, cómo fueron tomando muestras, sacando fotografías, escudriñando, analizando cualquier detalle que pudiera aclarar que le había sucedido a Pablo, al pobre y helado Pablo.

Acabado el trabajo de campo, el juez autorizó el traslado de Pablo al Instituto Anatómico Forense, donde procedieron a abrir su cuerpo en canal, a sacar sus órganos, a pesarlos y analizarlos, a indagar cómo y por qué, de qué manera murió aquella madrugada de otoño madrileño. Y su resultado fue que no hallaron golpes ni heridas, ni veneno, ni drogas, ni barbitúricos, ni siquiera un gramo de alcohol. Limpio por dentro y por fuera. Lo que sí tenía era el corazón reventado, como una bomba de racimo, esparcido por su caja torácica. Se sentó, se quitó los zapatos y los calcetines y reventó por dentro, concluiría el médico forense. Muerte por explosión cardiaca, algo nunca visto.

Con ese diagnóstico se podría cerrar el caso inmediatamente. Pero había algo que impedía al inspector hacerlo. Tenía que saber cómo, por qué un hombre tan joven, sin enfermedades de ningún tipo, sin sustancias nocivas en su organismo, había muerto de esa triste y explosiva manera. Hablaría con familiares, con amigos, se interesaría por su entorno, algo tendría que encontrar, su curiosidad le decía que no podía cerrar el expediente sin más. Pablo, el joven y helado Pablo se merecía una respuesta, y él también.

Y así fue como empezó, hablando con el padre del finado que le recibió hecho un mar de lágrimas. Era su único hijo, una muerte tan triste y tan absurda. Le refirió que era un buen chico que, desde bien pequeño, nunca quiso ser más que conductor de autobús; que había sacado el primer puesto en la oposición; que cuidaba el vehículo asignado mejor que a una novia, que, por cierto, nunca tuvo; que su vida giraba solo en los círculos que hacía su autobús por Madrid: ruta de salida, ruta de regreso. No tenía amigos, no salía de fiesta, no le gustaba el fútbol ni el baloncesto, su ocio consistía exclusivamente en jugar a videojuegos de carreras de autobuses. Un chico normal, quizá un poco más triste últimamente por la muerte de su madre, hacía apenas dos meses, pero nada más.

Le contó que ese día tenía el último turno de la jornada. Que su jefe de sección le había llamado varias veces, extrañado de que no hubiese llegado a guardar el vehículo en cocheras a la hora prevista. Pablo no cogió el teléfono. Se activó el servicio de alerta y geolocalización que les llevó hasta el vehículo que Pablo conducía ese día. Encajado en el Manzanares lo encontraron, a unos quinientos metros del banco donde, varias horas después, unos deportistas madrugadores hallaron a Pablo, sentado y helado.

El inspector cerró el expediente y recibió las felicitaciones de sus superiores, aunque su curiosidad quedó como una amante insatisfecha, sin saber por qué Pablo bajaría de su vehículo y, sobre todo, cómo pudo olvidarse de poner el freno de mano. Pero eso ya será otra historia.

CARA A- PISTA 7

España Cañí

Miro el reloj y acelero el paso. Voy a llegar tarde, odio llegar tarde a los sitios, me parece el colmo de la mala educación. Pero, desde que dejé de trabajar, no sé qué hago con el tiempo, parece haberse jubilado él también y estar coordinado con mi nueva vida. De hecho, hay días que hasta me olvido de ponerme el reloj y eso que tengo la semana bastante ocupada, con actividades varias que Marisa se ha encargado de gestionarme, siempre ejerciendo de hermana mayor. «Hoy toca clase de baile de salón, siempre te ha gustado mucho el baile y de paso no te va mal que socialices un poco», me dijo. A estas alturas de la vida no me veo yo haciendo amigos.

Apuro el cigarrillo, que me sabe tan bueno como el primero que me fumé cuando entré en la adolescencia, y lo lanzo contra la acera, como una bombeta de esas que explotan haciendo brincar a ancianas y perros, le pego un buen pisotón y entro en el centro cultural del barrio como Speedy González, mi personaje preferido de los dibujos animados de mi infancia. Me recibe la desaprobadora mirada de la conserje, que me dedica, en voz más que alta, un buenas tardes, le recuerdo que tiene papeleras con ceniceros en la puerta. No me molesto en responder, a mi edad no está uno para regañinas.

En cuanto entro en el aula cuelgo rápido mi abrigo y me incorporo al grupo de alumnos, intentando disimular el hecho de ser el último. La profesora, que ya se ha colocado en el centro de la sala, me mira como lo hacía mi madre cuando no me terminaba la sopa, carraspea y alza la voz para que la oigamos bien:

—Venga, hoy empezamos con bachata. —Y enciende el equipo de sonido, donde empiezan a sonar acordes dominicanos—. Id formando parejas, ya sabéis, si queréis podéis repetir con la misma persona del último día o podéis cambiar.

Con una velocidad que me pilla desprevenido, el grupo se desintegra formándose todas las parejas de manera que solo quedamos en el centro la chavala más joven de la clase y yo, una chica con pelo de varios colores, delgada como un alambre y vestida de negro de pies a cuello. Ambos nos miramos con la misma cara de fastidio.

—Lo que faltaba, yo con esta cría no bailo —afirmo enfadado. ¿Bachata? Pero si eso ni es un baile ni es nada. Y además, con una niña que podría ser mi hija, que no sé qué se le ha perdido a esta criatura por aquí, si la edad media de los alumnos tiene categoría de pensionista.

—Ni yo con este viejo —espeta la chica, mirándome desde sus piercing con cara de asco—. Prefiero bailar sola, ¿no se puede, profe?

—A ver, la bachata se puede bailar solo, pero la idea es que lo hagáis en pareja, así os ayudáis mutuamente. Venga, Alfredo, que estamos aquí para divertirnos, anímate y ponte con Lucía, verás cómo lo pasáis bien — insiste la profesora, cogiéndome por el brazo.

—De bien nada, voy a quejarme al director ahora mismo, yo quiero bailar pasodobles y con mi pareja de la semana pasada —le digo, soltándome, y me doy media vuelta, con intención de dirigirme la puerta. ¡Hasta ahí podíamos llegar!

—Alfredo, hombre, ven aquí. En esta clase mando yo, no el director. Hoy te toca con Lucía, ya el próximo día podréis cambiar otra vez. —Y nos coge a los dos por las manos y nos coloca juntos, todo lo juntos que puede ante nuestra doble e inútil resistencia—. Vamos, a bailar se ha dicho: uno, dos, tres, derecha; cambio: uno, dos, tres, izquierda —vocifera la profesora como si fuese una generala con mando en plaza.

La chica y yo miramos a nuestro alrededor buscando cómo huir de semejante situación, pero todos han comenzado a dar los primeros pasos al ritmo de la música, si es que a esto se le puede llamar música. Nunca me gustaron los bailes latinos. Bueno, menos el tango, el tango sí, pero es que el tango es otra cosa, hay un arte, un respeto. Pero estos bailes modernos, *perrear* le dicen, y tanto que parecen perros. Pero vamos, que no estoy dispuesto yo a frotarme con esta niña, ni con ella ni con nadie.

Al final, claudicamos y comenzamos a movernos, siguiendo las indicaciones de la profesora. Me sorprendo al descubrir que esto se baila a una distancia prudencial, menos mal. A la cría parece que se le da bien, claro, esto es de su onda, no de la mía. Pasos para un lado, pasos para el otro, cogidos de las manos pero frente a frente, con el aire circulando entre nosotros. La verdad es que ya no me parece tan perruno, pero sigue sin gustarme mucho. Lástima, con lo que he disfrutado las primeras clases con los pasodobles, espero que enseguida cambiemos de estilo, si no soy capaz de darme de baja. Vamos que si me doy de baja, como que me llamo Alfredo.

Si es que no hay baile más perfecto que un pasodoble. Bien bailado es algo único. Indescriptible. Recuerdo la primera vez que vi a mis padres bailarlo, cierro los ojos y es como si los tuviese delante. Era el día de mi primera comunión.

Menuda celebración, en un salón enorme, con lámparas doradas gigantes con cristales lloviéndoles por los lados y alfombras rojas, larguísimas alfombras rojas por cada pasillo, paredes de mármol y puertas de caoba. Y menudo banquete, aún conservo el recordatorio con el menú: gambas con gabardina, croquetas y canapés variados, de entrantes; consomé de ave y ternera asada en su jugo, de principales; vinos de Rioja y refrescos, y lo mejor de todo: una tarta de cuatro pisos coronada por un muñeco vestido con mi mismo traje de marinero. Se notaba que a mi padre le habían subido el sueldo y que mi madre estaba teniendo éxito con sus arreglos de ropa entre el vecindario. Creo que mis hermanos todavía me guardan un sordo rencor por aquello, ventajas de ser el pequeño.

Cuando acabamos de comer empezó a sonar *España Cañí* y mi padre, que estaba sentado a mi derecha, se levantó sonriente, se abrochó la americana, se colocó la corbata, apuró de un trago su copa de coñac y miró a mi madre, que estaba a mi izquierda. Ella, sin decir nada, se levantó de un respingo, estiró su vestido floreado y se quedó sonriéndole esperando a que fuese a por ella. En ese momento me pareció estar dentro de una película, de las que veíamos los domingos en el cine San Remo, y mis padres eran Rhett Burlet y Escarlata O'Hara. Se fundieron en ese pasodoble, giraban y se movían con una sincronización imposible; como si toda su vida hubieran estado haciendo tan solo eso, bailar acompasados sin más. Recuerdo sus ojos brillando en cada giro y el movimiento de la melena de mi madre como si fuese una bandera.

Muchas veces más bailaron ese pasodoble, pero nunca se volvió a repetir el hechizo. La vida les torció el gesto poco después de aquel día. A ellos y a nosotros también. Mi transición a la adolescencia fue un torbellino de largos y continuados ingresos hospitalarios, operaciones a vida o muerte, recuperaciones tan inesperadas como breves y recaídas inacabables. Desparecieron los pasodobles y las fiestas en casa. Todo era silencio, penumbra, de puntillas todos, para no sentir, para no ver el dolor, propio y ajeno.

Mamá nunca volvió a bailar. Y mira que lo intentamos, ni en las cenas de fin de año, ni en las bodas de mis hermanos, ni siquiera en los bautizos de sus nietos. Aunque jamás se deshizo de los discos de mi padre y mientras vivió, cada catorce de octubre, por su aniversario, sonaba *España Cañí* bien alto en el salón de casa.

—Alfredo, ¿se encuentra bien?

—Sí, sí, perdona. He perdido el paso, ¿no?

—Bueno, sí, un poco, más bien se ha quedado usted parado como un palo —me dice, abriendo, aún más, sus grandes ojos.

—Lo siento, voy un momento al baño y ahora seguimos —contesto apurado, soltando sus manos con rapidez.

—Sin problema, hombre, pero... tenga. —Y con un amago de sonrisa cómplice me ofrece un clínex.

—Muchas gracias... Lucía. —Me doy la vuelta y me dirijo a la salida del aula, notando las miradas de todos clavadas en mi nuca, mientras en mi mente sigue flotando esa pareja maravillosa, esta vez con el ritmo de la bachata de fondo.

CARA A- PISTA 8

Las inseparables del Loreto

Fantástica, la idea me pareció sencillamente fantástica. Cuando Clara me llamó, su propuesta me sonó estupenda. Mierda de idea me parece ahora, ahora que estoy mirándonos en ese espejo de la pared de enfrente de una de las salitas de estar de un lujoso restaurante de Madrid. Podría parecer que solo yo pienso que esto ha sido desastroso, pero no, seguro que estas tres piensan lo mismo, pero no lo dicen. Yo tampoco lo digo aunque no sé por cuánto tiempo podré permanecer con la boca cerrada. No quisiera ser yo la que abriese la caja de los truenos, porque se avecina una tormenta que ríete tú de las tropicales. En el mismo instante en que alguna de nosotras digamos lo que pensamos, lo que sentimos, saltará todo por los aires, como un muro de contención de esos de las presas hidráulicas, que revientan por el centro vomitando agua sin control. Por eso estamos así, con la lengua a resguardo pues, una vez que se suelte, esto ya no va a haber quien lo pare. Ni quien lo remedie, porque ya no tiene remedio.

En mi cabeza resuena Sabina cuando cantaba eso de «al lugar donde fuiste feliz no deberías tratar de volver», pues en este caso viene al pelo, versionado por mí a «con quienes te creíste feliz no deberías volver a juntarte». Y no, no deberías hacerlo porque entonces te darás cuenta de la gran mentira y verás que tus recuerdos no son tales, que tenían vida propia y que se han ido transformando con los años, traicioneros ellos, cubriéndose de una pátina de irrealidad, convirtiéndose en unos maravillosos momentos que, o bien no existieron, o bien no fueron ni parecidos. Más bien todo lo contrario.

Ahí estamos las cuatro reflejadas en el espejo, las inseparables del Loreto, como decían nuestras madres. Ellas también se hicieron muy amigas, las cuatro. Ahora pienso que tal vez nosotras lo éramos porque lo eran ellas, inseparables, digo. Juntas para todo, meriendas, cumpleaños, comuniones, Navidades y algún veraneo que otro. Luego un día, poco antes de acabar segundo curso de primaria, ellas se pelearon y a nosotras poco a poco nos fueron separando, hasta desaparecer. Y así pasaron veintidós años sin vernos y sin saber cuál fue el motivo de su ruptura, de aquellos platos rotos que pagamos nosotras, hasta que, hace unos minutos, Clara nos ha leído lo que nunca querríamos haber sabido, haber recordado.

Clarita que ahora, sentada a mi lado, me da la espalda mientras fuma haciéndose la interesante. Ella, la poseedora del secreto, de la sartén por el mango de nuestra antigua y fenecida amistad, decidió sin preaviso soltar la bomba y esconder la mano. Como parece querer hacer Marga, esconderse dentro del sobre que tiene sobre la falda, sentada con las piernas bien juntas en un minúsculo taburete, como si la cosa no fuese con ella. Y Alicia, Alicia se ha quedado petrificada, sentada en el suelo mirando al cielo como si quisiera hablar con la autora de la carta que tiene entre las manos, la carta-bomba que Clara nos ha leído y que ninguna de nosotras hubiera querido escuchar.

Tras aprovechar la comida para ponernos al día más o menos de nuestras respectivas vidas, Clarita nos ha dado las gracias por venir, en un tono no tan alegre como las daba Lina Morgan, y nos ha contado que su madre falleció hace un mes de un cáncer súper agresivo. Tras los «cuánto lo siento» de rigor por nuestra parte y de limpiarse por la suya unas escuetas lágrimas, ha seguido con el inicio del bombazo diciéndonos que, antes de morir, su madre le entregó una carta para que nos la leyese cuando estuviéramos las cuatro juntas y que por eso nos había reunido, para cumplir su última voluntad. Y eso hizo.

Me miro al espejo intentando ordenar las palabras que centrifugan mi cabeza, intentando asimilar, entender cómo una persona puede ocultar, esconder, tapar algo tan brutal, y que todavía justifique que lo hizo por amor, que su marido no era mala persona, solo tenía ese pequeño —pequeño, dijo, pequeño— vicio: las niñas le gustaban, le gustabais, no podía evitarlo, no era malo, solo os tocaba y se tocaba, nunca llegó a mayores —a mayores, dijo, a mayores—. La madre de Alicia lo descubrió, amenazas de denuncias de las madres, de las que eran sus amigas, nunca se lo dijeron a los padres, le hubieran matado, pero no había pruebas, vuestra palabra contra la suya, seguro que ni os acordáis, eráis sus niñas, no era mala persona, era un buen marido, perdonadme, perdonadle. Así terminaba la carta, perdonadme, perdonadle. Esa carta que flota en las manos de Alicia; Alicia que sigue pálida con la cabeza caída hacia atrás, mirando al techo mientras unas inesperadas lágrimas caen por los bordes de su cara.

CARA A- PISTA 9

El señorPedro

Cada vez que veo una ambulancia en la calle, a la puerta de un edificio, me acuerdo del *señorPedro* y un pequeño escalofrío sube hacia mi nuca, como si no hubieran pasado más de cuarenta años desde aquello.

El *señorPedro* era mi vecino. Todo el mundo le llamaba así: *señorPedro* todo junto. La pared de su casa lindaba con la de mi cuarto convertible. Como en tantas casas de los que ahora somos conocidos como generación *boomer*, también la mía tenía un cuarto convertible que por la noche era dormitorio y por el día hacía las veces de comedor familiar. Mi cama vivía escondida en un mueble, un aparador bastante alto, cuyas puertas se abrían doblándose como un acordeón a la hora de dormir y dejaban al descubierto un somier con sus correspondientes almohada y colchón. Pasé muchas noches de miedo en esa cama, pensando que cualquier día se cerraría de golpe, dejándome encerrada dentro y que por la mañana mis padres me encontrarían muerta. Fría, rígida y gris, como quedó la abuela. Muchas noches en blanco, llorando y llorando. Pero no lloraba sola, el *señorPedro* lloraba conmigo.

La primera vez que le oí pensé que quizá era una niña, como yo. Pero esa mañana durante el desayuno salí de mi error.

—Vaya cara de sueño que tienes, mocosa —dijo mi padre, acercándome la leche.

—Es que esta noche la niña de al lado no ha parado de llorar —le contesté con mohín de fastidio.

—Hija, en esa casa no vive ninguna niña —dijo mi madre, mirando a mi padre de reojo. Ahí tan solo viven el *señorPedro* y su mujer, tienen una hija, sí, pero ya no vive con ellos y es bastante mayor que tú. ¿Cuántos años tendrá ahora? —continuó mi madre dirigiéndose a papá.

—Pues echa tú misma la cuenta, si en cuanto cumplió los dieciocho se largó y hace ya tres de eso... Y sin noticias de ella hasta la fecha, al menos que sepamos —respondió mi padre, y puso esa cara de pena que, desde que la abuela se fue al cielo, se le ponía bastante a menudo.

—Es verdad, se escapó con aquel hombre que le doblaba la edad, a Venezuela ni más ni menos. Pobre *señorPedro*, desde entonces no es el mismo. —Y mi madre hizo un gesto levantando la mano hacia su cabeza y girando el dedo índice sobre su sien derecha—. Yo desde luego no le he vuelto a oír hablar, pero venga terminaos el desayuno que vais a llegar tarde, ya está bien de cháchara. —Y mi padre y yo nos terminamos el contenido de nuestras tazas de un golpe y salimos zumbando, cada uno a nuestros respectivos destinos, no sin antes darle un beso a mi madre, yo en la mejilla derecha, papá en la izquierda.

Como cada mañana, cuando salí del edificio, me encontré al *señorPedro* sentado en el banco que había delante del portal. Allí estaba cuando iba para el colegio y allí estaba cuando volvía. Todos los días vestido con la misma indumentaria, hiciera frío o calor, fuera lunes o domingo: pantalón de pana gruesa marrón oscuro, camisa de franela de cuadros, boina negra y zapatillas gastadas, también de cuadros, de las de estar por casa. Y siempre con un pitillo, a menudo sin encender, entre los labios. No fallaba nunca, excepto los días de lluvia o nieve, esos días su mujer echaba dos vueltas a la llave y le dejaba encerrado en la casa.

—Buenos días, *señorPedro* —decía yo. Ni un gesto hacía él. Al principio, llegué a pensar que no veía bien, quizá era ciego y nadie se había dado cuenta.

A mí me parecía un hombre muy viejo, más viejo que mi abuela, mucho más. Con esa mirada tan triste, calada bajo la boina, perdida en el infinito de sus pensamientos, pero ahora que lo pienso, quizá no fuera mucho mayor que mi padre. Podría ser incluso que no tuviese más de cincuenta años, aunque aparentase más de ochenta.

Siempre se sentaba en la esquina derecha del banco y de ahí no se movía. Solo subía a su casa dos veces, a la hora de la comida y a la hora de la cena, pero había ocasiones en que no se levantaba hasta que bajaba su mujer de noche a buscarle o algún vecino que, al volver del trabajo, le cogía por el brazo y le decía «venga, *señor-Pedro*, ya es tarde, vamos para arriba» y él, sin mudar el gesto, se dejaba llevar.

En cambio ella, su mujer, hablaba y gritaba por los dos. Sobre todo cuando él estaba en la casa, pero también hablaba y gritaba cuando estaba sola. Eulalia se llamaba. Lo único que tenían en común era que ella también parecía una anciana. Mi madre contaba que se le puso todo el pelo blanco de la noche a la mañana, justo cuando se marchó la hija. Y también que, desde ese día, ella empezó a gritar. A gritarle.

Por las noches, el *señorPedro* no dormía. Y yo tampoco. El lloraba y yo también. Pero el lloraba más que yo, que al final caía rendida, hasta que me despertaban los gritos de Eulalia, bien temprano, cada mañana. Aquella noche ella también empezó a gritarle, más que nunca, como una auténtica loca. El lloraba más cuanto más le gritaba ella. Y yo no podía llorar. Me levanté de la cama y golpeé la pared con todas mis fuerzas infantiles.

—¡Basta ya, déjale en paz, vieja bruja! —Y se callaron los dos.

Y nos callamos los tres.

A la mañana siguiente, cuando salí para el colegio, el *señorPedro* no estaba en el banco. Tampoco le encontré allí cuando volví. Delante del portal lo que había era una enorme ambulancia con su luces anaranjadas girando impertinentes y dos coches de policía, uno delante y otro detrás. Asustada subí corriendo las escaleras y, al llegar al rellano de nuestro piso, encontré en un corrillo a mi madre y a varias vecinas más. Todas se callaron en cuanto me vieron aparecer. La puerta de la casa del *señorPedro* estaba abierta, flanqueada por un policía, y por ella salían los gritos de Eulalia más agudos que nunca. Más que chillar aullaba, como los lobos del reportaje de Félix Rodríguez de la Fuente que habíamos visto la noche anterior. Mi madre me cogió por los hombros y me llevó dentro de casa.

—Ven, cariño, quédate en mi cuarto, no vayas al comedor ni te muevas de aquí hasta que yo vuelva. Y ni se te ocurra asomarte a la ventana ¿de acuerdo? —Me dijo muy seria y se volvió a marchar.

En cuanto salió por la puerta, fui directa al comedor, abrí la ventana y me asomé al patio de luces. Allí abajo, entre cabezas grises y batas blancas, tirado en el suelo sobre un enorme charco de sangre, había un muñeco con la ropa y la boina del *señorPedro*.

CARA A- PISTA 10

De hoy no pasa

Miro el calendario y calculo el tiempo de condena: dos años, seis meses y doce días. Porque esto es una condena, no se le puede dar otro nombre. Bueno, otro sí, tortura. Desde el mismo día en que mi suegra salió del hospital y la trajimos a casa, mi vida se transformó en un martirio total. Y mira que le dije a Enrique «solo hasta que se ponga bien» y él me prometió «sí, cariño, serán solo un par de semanas, tres como mucho». Pues aquí estamos, las tres semanas pasaron y los días también pasaron y pasaron los meses, y los meses se convirtieron en años y, por una cosa o por otra, nunca llegó el momento de llevarla de vuelta a su casa.

Pero de hoy ya no pasa. ¡No, señor! Hoy le voy a dar un ultimátum, tiene que elegir: o su madre o yo. Así de clarito, sin medias tintas. ¡Ya está bien, hombre! Que ya no soporto más a esa bruja, Angelita se llama. Jugando al despiste con el nombre, más le hubiera pegado llamarse

Lucrecia, como la Borgia. Es que no la aguanto. Siempre chinchando. ¡Qué mujer! Nada está a su gusto. Las croquetas, duras; la sopa, sosa; el arroz, pasado. O cuando se cree que no la oigo hablar con su querido hijo: «Esta mujer tuya no sabe hacer ni un huevo, si al menos llevase a los niños limpios...». Señora, que los niños cuando salen de casa van como la patena, que si se ensucian es porque juegan, pintan, se manchan con la merienda, porque así son los niños. Más guarra va ella con esa bata llena de lamparones y no le digo nada.

Y la casa... ¡Ay, cuando empieza con la casa! Que si hay mucho polvo, que si los sillones son incómodos, que si esas cortinas hay que ver lo feas que son... Y yo me muerdo la lengua, tanto me la muerdo que un día me voy a hacer sangre, porque que se me quedan unas ganas de decirle: «Señora, pues coja el trapo y limpie un poco, que parece una marquesa; y si los sillones no son cómodos, váyase a su casa a sentarse en los suyos y así ve sus preciosas cortinas ¡leñe!». Pero me callo, porque no quiero disgustos, el pobre Enrique lo pasa fatal cuando alguna vez nos hemos enganchado, no muchas, todo sea dicho, que tengo más paciencia que una bendita. Siempre traga que traga, cualquier día me va a salir una úlcera de estómago.

La semana pasada, sin ir más lejos, no tiene otra ocurrencia que decir «Ese cuadro ahí no luce nada, además es horroroso. Hijo, tendrías que poner el retrato de tu padre, me lo podrías traer y así no le echaría tanto de menos». Menos mal que ahí estuve yo rápida al quite, le cogí por el brazo, nos encerramos en la cocina y le dije «ni de coña, Enrique. Lo siento en el alma, tu padre era una bellísima persona, pobre señor, Dios le tenga en su gloria, pero por ahí no paso. Tú no me quitas del salón el regalo de boda de mi prima porque no me da a mí la gana. Si quiere ver el retrato de su marido te la llevas a su casa y tan contentos».

Pero no se la llevó. Y yo ya no puedo más. Si hasta los niños están hartos. Al principio eran más pequeños y apenas se quejaban, pero últimamente les pasa como a mí, no la soportan. Cuando vuelven del colegio se encierran en sus cuartos y no salen hasta la hora de la cena, otro momento intenso donde los haya, «Juanito, coge bien la cuchara. Laurita, no bebas tanta agua que te van a salir ranas en la barriga». ¡Ranas le dice! La niña se echa a llorar pensando que tiene bichos en la tripa; no me queda otra que asesinar con la mirada a esa bruja sin escoba y llevarme corriendo a mi niña al baño a intentar calmarla y que esa noche no sueñe con batracios nadando por sus intestinos.

Y Enrique... Enrique nada, Enrique tan parado siempre. Sin reaccionar, que parece que no tiene sangre este hombre. Tras estos años he llegado a la conclusión de que se la ha chupado su madre, la sangre digo. A todo «sí, mamá, lo que digas, mamá, me parece estupendo, mamá, cuando tú quieras, mamá». Pues ya está bien, de hoy no pasa, esta tarde le voy a buscar al trabajo para decirle que mañana mismo tiene que decidir con quién se queda: con su madre o conmigo.

Suena el despertador y, cuando abro los ojos, veo que Enrique ya no está en la cama. Encima de su almohada hay un sobre. Inquieta, lo abro.

Querida mía:

No tengo valor para decirle a mi madre que vuelva a su casa. Os quiero mucho a las dos y soy incapaz de elegir. Por eso he decidido irme. Aún no sé dónde me llevarán mis pasos, cuando me aclare te daré noticias. Dinero te dejo de sobra para una temporada. Dale un beso muy fuerte a los niños y diles que les quiero y que algún día nos volveremos a ver.

Te quiere,

Enrique.

CARA B- PISTA 1

¡Ay, virgencita!

Esta mañana cuando sonó el despertador lo supe. Como si el timbrazo, además de mis sentidos, hubiese activado una alarma interior, —algo gordo va a pasar—, así de claro lo supe. A pesar de ello, no me atrincheré en las sábanas, me levanté y fingí no darme por enterada. Craso error, pero no me arrepiento, aunque no tenga solución. O sí la tenga.

La puerta de la iglesia hoy parece más grande que nunca, enorme. Y más oscura, como si el marrón chocolate brillante que la recubre hubiera decidido ser cien por cien cacao puro, negro y amargo. Entro y el conocido olor no me tranquiliza como otras veces. Al contrario, el vello se me eriza como si hubiese pisado un cable pelado de alta tensión. Me dirijo a la pila bautismal y dudo si santiguarme con agua bendita, lo mismo se convierte en ácido y me desuella el rostro.

¡Pecadora, sucia pecadora!

Esquivo la pila y me siento en uno de los últimos bancos, no soy capaz de levantar la vista hacia el altar. Quizá temo que salgan dos rayos fulminantes de los ojos de la virgen y me liquiden, achicharrada, como la última paella que hizo Pepe. ¡Ay, Pepe! Treinta años hace que nos casamos en esta misma iglesia, quién me iba a decir entonces que ahora estaría pensando en cómo decirle que me marcho de casa.

Miro a los lados, a veces me da la paranoia de que la gente pueda escuchar mis pensamientos. Me tranquiliza ver que no hay nadie. Son las doce, así que hasta dentro de una hora no empieza la misa de la una y hoy es lunes, un frío lunes de noviembre, no creo que el párroco tenga mucho público, podré quedarme aquí hasta que tenga claro cómo contarle, porque la decisión la tengo tomada. ¿O no? ¡Ay, virgencita, si pudieras ayudarme! Por fin me atrevo a dirigirle la mirada, no salen rayos, no, pero siento que no me mira como siempre. Sus ojos están sombríos.

¡Pecadora, sucia pecadora!

Retuerzo mis manos, agacho la cabeza e intento rezar, pero no puedo, hace años que mi fe se tambalea. Cuando la vuelvo a levantar ahí sigue con esa mirada, pecadora, sucia pecadora, ve a confesarte, parece que me dice. ¿Confesarme? Ni loca le cuento yo al cura, me excomulgaría de forma fulminante.

Te juro virgencita que no fue nada planeado. Que la vida vino así, de sopetón, me cogió por los hombros y me dio la vuelta. La vuelta entera. A mis años, precisamente el día de mi cincuenta y ocho cumpleaños. Todos los compañeros cantando alrededor mío, yo con las velas recién sopladas y, sin preaviso, esa sensual voz penetrando en mi oreja, «estás estupenda, no los aparentas», que provocaron un tsunami en mis bragas que ni cuando rompí aguas de Pepito. ¡Ay, mi hijo! Otro, que a ver cómo se lo toma. Mal, seguro que mal, con lo que es con su padre. Me temo que le perderé. Como perderé a mi familia y amigos. Como he perdido mi trabajo. Pero ¿estoy dispuesta a ello? Me temo que sí. Virgencita, solo se vive una vez y ahora siento que estoy viviendo de verdad, plenamente, como una nuez que se ha liberado de su carcasa. Ahora soy yo misma y no lo que los demás querían que fuera.

Aquel fue el disparo de salida, luego vinieron los roces —inesperados por mi parte, premeditados por la suya— al dejarme los papeles, los guiños al entregarle yo las carpetas con los informes, ese detenerse su mano sobre la mía... Y al mes exacto de mi cumpleaños, aquella nota en mi mesa: «Quédate esta tarde, te necesito». Esa tarde y todas me quedé. En su despacho al principio, en su casa después. No puedo explicártelo, virgencita, bien seguro que no me entenderías. Nunca había sentido nada igual, no solo es que el sexo con Pepe desde hace años sea frío y rutinario, es que ni siquiera en los momentos más apasionados del principio le llega a la altura. El calor de sus besos, de sus abrazos, su forma de acariciarme...

¡Pecadora, sucia pecadora!

¡Ay, virgencita, perdona! Mejor no sigo, que solo de pensarlo me pongo mala y te mereces un respeto.

Tengo que pensar cómo enfocarlo, porque no puedo ir con la verdad por delante, al menos de momento, con el genio que tiene Pepe, sobre todo últimamente. Desde que murió su jefe y el hijo heredó el restaurante, no se soporta ni él. Harta estoy de sus soliloquios sobre las novedades que introduce en los menús el Imbécil, como él le llama, con ese desprecio que no es más que envidia. Además, nunca me pregunta por mis cosas, ni se fija en mí, seguro que si algún día desaparezco y tiene que decirle a la policía qué ropa llevo puesta no tendría ni idea. De hecho no se ha dado ni cuenta de que llego tarde a casa todos los días, él en su cocina haciendo lo que en el trabajo no le dejan hacer, eso es lo único que le importa, lo que le hace feliz. Eso es lo que le voy a contar a Pepito, que mentira no es, aunque no sea toda la verdad...

¡Verdades a medias, mentira completa!

¡Ay, virgencita, no me tortures más!

Descuida que lo más gordo solo me lo guardaré por un tiempo porque, claro, esto se sabrá. Será inevitable. Pero cuanto más tarde, mejor. ¡No me mires así, virgencita! De verdad que lo he pensado a fondo, de verdad que sí, te lo juro. He tenido mis dudas, por supuesto, porque el nuevo camino tampoco será fácil, pero esto ya no hay quien lo pare. Cuando esta mañana nos ha pillado el director, gran jefe y dueño de la empresa, todo se ha precipitado, como un camión sin frenos. Aún retumban en mi cabeza los gritos que ha pegado ese hombre. ¡Y las barbaridades que me ha dicho, virgencita, no te puedes imaginar! Menos mal que Sara se ha plantado y le ha cantado las cuarenta, que ella es libre, que aunque sea su hija no puede dominar su vida, que el amor no tiene edad, que me ama... ¡Virgencita, a gritos le ha dicho que me ama!

¡Pecadora, sucia pecadora!

¿Sabes lo qué te digo, virgencita? Qué me voy a preparar las maletas antes de que llegue Pepe y me monte el cirio y que también me despido de ti, no me verás por aquí en mucho tiempo, quizá nunca, la nueva Maricarmen es imparable.

CARA B- PISTA 2

El sabor de la venganza

Sentada ante el gran ventanal que da a la pista del aeropuerto, ensimismada, mirando más allá de la fila de asientos, cómo los aviones engullen y vomitan almas, empiezas a sentir en tu interior un reconcome, esa desazón que da la íntima convicción de saber que lo que has hecho no tiene nombre y de que el tuyo será pasto de las redes sociales en cuestión de minutos. Justo cuando el esperado telón no se levante y todos, desde la taquillera al último de los actores del elenco, empiecen a jurar sobre ti y sobre tus antepasados, y con razón.

Sobre todo él, el flamante director y empresario. Imaginar su reacción al leer tu mensaje, al enterarse de que la actriz principal de su anhelado estreno no va a aparecer, pensabas que te produciría un enorme placer. Pero se hace cierto eso que dicen, que la venganza tiene un sabor amargo, al menos tu saliva parece hiel al recordar la que, en su momento, te pareció genial idea: recomendar a tu actriz suplente que se fuese a visitar a su familia que, maravillosa casualidad, reside en Valencia. Esa sonrisa que se dibujó en tu cara al hablar con la chica, ese regusto que te suponías iba a ser tan dulce, se te está atravesando como un clavo oxidado en tu estómago.

La gente va sentándose a tu alrededor. Algunos cuchichean, a pesar de tus grandes gafas de sol, te han reconocido. Te preguntas si ya habrá saltado la noticia. No quieres saberlo, no vas a sacar el móvil del fondo del bolso donde lo metiste para ni oírlo ni sentirlo. Abres la revista que has comprado y te parapetas tras ella. Sabes que has obrado mal y que lo hecho no anula el mal que te hizo él. Aquel dolor que creías superado, curado y enterrado, pero que simplemente estaba aletargado, ahí en tu corazón, y que despertó reclamando venganza en cuanto escuchaste su nombre en labios de tu agente: «Chata, tengo entre mis manos el papel de tu vida, un libreto de Agustín Sánchez».

Miras el reloj, aún queda media vida para que abran la puerta de embarque, estás deseando despegar rumbo al olvido, como si poniendo mucho mar de por medio fueses a redimirte. Los cuchicheos externos se han amortiguado con los internos: ¿cuándo empezaste a fraguar el inefable plan? ¿En qué momento el odio fue ganando terreno a la cordura? ¿Cómo pudiste bajar al fango de esa manera? Poco a poco, te dices. Desde el primer encuentro, en el despacho de tu agente, tras la larga e impuesta ausencia. Lo pasado, pasado está, te dijo sonriendo, mientras te estrechaba la mano y se acercaba hacia ti con la intención de darte un beso. En ese instante, al apartarte de él como si te hubiese dado un calambre, todo el llanto y el dolor volvieron a surgir desde lo más profundo. Volviste a sentir a aquella veinteañera, aquella muchacha llena de ilusión que se enamoró, con el ansia del amor que no conviene, de ese hombre al borde de los cuarenta con más tablas y menos vergüenza que habrías de encontrar en tu vida. Y poco a poco, en cada ensayo, volvían a ti los paseos cogidos de la mano; en cada vuelta a casa al terminar la jornada, rememorabas sus besos y sus promesas. Ese año de amor que te cantaba Luz Casal, pero sin su arrepentimiento, la única que tuvo la vida vacía fuiste tú, vacía como quedó tu útero tras aquella horrible intervención. Vacía, como quedó tu alma.

Y entonces surgió el plan. En tu mente se fue forjando, poco a poco. Ese plan que ha salido a la perfección, que ahora estará dando sus frutos: Agustín derrotado, arruinado y solo. Te le imaginas tirado en el suelo, pataleando como un niño, gritando por los pasillos, sin consuelo posible. Pero esa imagen no te ha llenado como tú esperabas, al contrario, sigues con la boca pastosa y ese clavo oxidado y retorcido clavado en tu estómago, al que llevas tus manos como si pudieses arrancarlo.

Entonces levantas la vista. Enfrente de ti se ha sentado una chica que se parece muchísimo a Mercedes, la sastra de la compañía, y un rayo te atraviesa la mente. ¿Qué será de ella ahora? De repente, las caras de todas las personas que forman el elenco de la obra empiezan a girar a tu alrededor. Actrices, actores, escenógrafo y tramoyistas, electricistas, peluqueros y maquilladoras, giran y giran. Te levantas de golpe, mareada. La revista que tenías encima de tus piernas cae ruidosamente haciendo que todas las miradas se vuelvan hacia ti. Miras el reloj, coges tu bolso y sales como un misil en dirección a la calle. Corres, corres mucho, te quitas los tacones para correr más. Adelantas con grandes zancadas a las personas que esperan turno para coger un taxi, ignoras sus gritos e insultos y te montas en el primero de la fila, mientras rebuscas el móvil le gritas al conductor: «¡Al Teatro Español, rápido!». Y pegas un portazo que hace desaparecer de un golpe el clavo oxidado de tu estómago.

CARA B- PISTA 3

Amelia y el Tarot

Amelia sale de la ducha tarareando por Serrat, *Hoy puede ser un gran día*, y eso tiene que conseguir, que sea un gran día. El mejor día de su vida, de la de él, claro, la de su esposo. Desde que se casaron hace más de tres décadas, siempre todo gira a su alrededor, pero hoy más todavía si cabe, 27 de noviembre: su sesenta cumpleaños. Le ha preparado un suculento desayuno y le ha regalado lo que más le gusta: una entrada para el teatro.

—¿No vas a venir conmigo? —fingió protestar su marido.

—Ya sabes, el teatro no es lo mío, ve tú y disfruta. Cuando vuelvas te tendré preparada tu cena favorita —contestó Amelia, simulando cariño.

En el fondo ella sabe que no le importa, hace años que va solo al teatro y a muchos sitios más. Sin ella. Su esposa lo único que debe hacer es estar en casa, con todo limpio y recogido para cuando vuelve del despacho, tarde, siempre tarde. Ella esperando, compuesta y arreglada. A veces llega subido de punto, más enfadado que de costumbre, algún asunto que se torció en el último momento, o vaya usted a saber qué. Aprendió pronto a templarlo, siguiendo los consejos de su madre, a no llevarle la contraria, a agasajarle con su comida preferida, un arroz con leche con azúcar tostado por encima nunca fallaba. Aunque a veces sí, a veces no era suficiente y le tocaba ser el saco de boxeo donde él descargaba su ira.

Mientras se viste se acuerda de su madre: «¡Hija, menudo partido, el hijo del notario!». Y de cómo ella se enamoró del amor. De la ilusión de ser importante, la hija del portero de la finca, qué mejor futuro podría imaginar. Y de cómo presumía ante las compañeras del instituto. Instituto y amigas que abandonó para ejercer de esposa el resto de su vida. Lo de madre no pudo ser, nunca supo si por su culpa, Primitivo se negó en redondo a hacerse ningún tipo de prueba, no podía ponerse en duda que él era un macho alfa.

Mira el reloj y rápida se pone el abrigo y coge su bolso. Tiene cita en la peluquería, esta noche tiene que estar impecable para Primitivo. Una vez se atrevió a confesarle a su madre que el nombre le hacía justicia a su carácter, pero ella le contestó que debería aguantar, como ella hizo con su padre, y que a nadie, ni siquiera al cura, debería contarle. «¡Estas cosas se lavan en casa, hija!».

—Buenos días, doña Amelia —la recibe Katy, ayudándola a quitarse el abrigo y acompañándola a la única silla que queda libre, al lado de una anciana a la que están haciendo la manicura mientras se le fija el tinte.

—Yo también quiero hacerme las manos, Katy.

—Claro, doña Amelia, en cuanto acabe Susi con la señora se pone con usted, mientras yo le doy el tinte. —Y le pone en las manos una revista de cotilleo.

Amelia comienza a pasar páginas leyendo por encima los titulares. La anciana se queda mirándola.

—Al menos usted puede distraerse con la revista, yo que no veo ni tres en un burro, ya me dirá —le dice, suspirando.

—Pues si quiere le cuento. Mire, han detenido a Lorenzo Munchi, parece ser que él y su mujer han asesinado a una tía de ella, ochenta y cinco años tenía.

—¡Dios mío, qué barbaridad!

—Presuntamente la envenenaron con sobredosis de sus propias medicinas durante meses para cobrar su herencia.

—Calle, calle, no me cuente más, vivo sola, ¿sabe?, y estas cosas me afectan mucho.

Amelia se calla y continúa pasando hojas de la revista; de repente, algo llama su atención: en la página de anuncios destaca uno de muchos colores «Madame Minerva, curandera y consejera. Lee cartas y hace limpiezas y protecciones. Cualquier problema que tengas te ayudará». La dirección le pilla camino de su casa, en cuanto sale de la peluquería marca el número que, en amarillo chillón, se le ha quedado grabado en la cabeza.

—Espere que mire la agenda... la suerte le sonríe, precisamente ahora mismo tengo un hueco libre —respondió una más que amable *Madame* Minerva.

Lo que más le sorprende cuando la puerta se abre es la edad de la pitonisa, no tendrá más de treinta años, cara de niña enmarcada en una larga melena rubia y rizada, separada de la frente por un pañuelo ancho semejando un arco iris, como las *hippies* de su juventud. Tras el saludo inicial, la acompaña por un pasillo multicolor cubierto con tapices de mandalas, hasta una habitación iluminada solo con velas, en la que hay una pequeña mesa circular vestida con un faldón morado y con un tapete encima repleto de dibujos geométricos.

—Como es la primera vez que viene, le explicaré que yo no soy vidente. Mi trabajo se basa en el simbolismo y en los significados asociados a las cartas del Tarot. Cada carta tiene una interpretación específica que, cuando se combina con las otras cartas, le podrá dar respuesta a sus inquietudes. Cuénteme cómo puedo ayudarla.

Y Amelia se desborda, y le cuenta, y le llora, y le suplica que la ayude, que ya no puede más, que ni con pastillas puede descansar, que cada día la tortura aumenta y ella se siente muerta en vida. *Madame* Minerva la tranquiliza, le ofrece una caja con clínex, le sirve un té y comienza el ritual de reparto de cartas. La última que levanta es la de la muerte.

Amelia regresa a casa reconfortada, barato le han parecido los sesenta euros. Ha prometido volver a visitar a la tarotista en cuanto pueda. De momento, va a preparle a su marido el mejor arroz con leche de su vida y comienza a cantar por Serrat *Hoy puede ser un gran día*, mientras calcula mentalmente cuántas pastillas tendrá que machacar para conseguir su objetivo.

CARA B- PISTA 4

Una piedra en el camino

Intento abrir los ojos en el mismo momento en el que alguien sube con fuerza la persiana y presiento, a través de mis párpados, la luz del nuevo día. No voy a hacerlo, definitivamente no quiero, no voy a abrirlos. Se supone que, desde ayer, no tendría que abrirlos nunca más.

—¡Buenos días! ¿Qué tal nos encontramos esta mañana? —Una voz chillona se dirige a mí. Lástima no poder también cerrar los oídos, fuerte, así, como mis párpados, y no tener que escucharla. Ni a ella ni a nadie. Como no contesto me da varias palmadas en la cara, dos por cada mejilla, como si fuese un tambor de batucada.

Entre brumas y palmaditas me voy ubicando. Estoy en el hospital. Vienen a mi mente retazos de imágenes, luces de muchos colores pasando por encima de mi cabeza y ruidos de voces que me gritan, de gente que me zarandea. La garganta me arde. Recuerdo el tubo entrando en mi estómago, las arcadas que no cesan y de golpe, el silencio. Eso es lo quiero, silencio, para siempre, silencio.

—Sus padres han ido a tomarse un café, pobrecillos, han pasado toda la noche aquí. Y eso que les dijimos que no hacía falta que se quedasen, que no se iba usted a despertar hasta bien entrada la mañana. ¿Me oye? ¿Susana? —insiste la mujer con esa voz de grajo.

¡Lo que faltaba! Ahora empieza a darme golpecitos en el brazo, no lo soporto, no la soporto, ojalá se vaya, ella y todos, y que no venga nadie. Con mi voz rasposa, una voz que tampoco parece querer salir, le digo:

—Déjeme en paz. No quiero ver a nadie. Cuando vengan mis padres, dígales que se vayan a su casa. Quiero estar sola, por favor.

Usando un tono que no deja lugar a dudas de su desprecio hacia mi persona, la enfermera-percusionista me contesta:

—Bueno, eso lo tiene usted que indicar por escrito; avisaré al personal de administración para que le suban el formulario... cuando puedan, claro. —Y dando un portazo sale de la habitación, dejándome con la seguridad de que el personal administrativo no vendrá, ni ahora ni nunca.

Observo el gotero con la medicación que cae por el tubo fino, transparente, que entra por mi vena. Intruso de plástico. Me lo debería quitar, salir de aquí y terminar lo que empecé. Pero mi mente sigue difusa. Mi cuerpo pesa como una piedra. Como esa piedra enorme que veo siempre delante de mí, en mis pesadillas diurnas y nocturnas, esa negra piedra gigante que me impide avanzar. Sé que detrás está mi vida, pero no puedo saltarla. Tampoco rodearla. Me bloquea. Y ni atiborrándome a cervezas consigo moverla, ni un milímetro. ¿Cuándo apareció en mi vida? Soy incapaz de precisarlo. No consigo recordar en qué momento surgió, un día cualquiera, sin motivo ni razón aparente.

—Buenos días, Susana.

Absorta en mis pensamientos no me he dado cuenta de que ha entrado una mujer, alta, rubia, con el pelo recogido, muy sonriente que, abriendo una carpeta que lleva en la mano y atenta a su contenido, sigue hablándome.

—Soy la doctora Sánchez, de psiquiatría. ¿Qué tal está? —dice, sin mirarme.

—Un poco mareada —le contesto, cerrando de nuevo mis ojos.

—Es normal, tiene puesto un cóctel de varios medicamentos para recomponerla un poco. A lo largo del día se irá encontrando mejor —dice, mientras levanta uno a uno mis párpados—. Según me dijeron sus padres, actualmente no está siguiendo ningún tratamiento para su depresión.

—¿Depresión? ¡Qué dice! Yo no tengo eso, a mí no me pasa nada. —Y de repente, siento cómo las lágrimas brotan espontáneamente y sin contención, mientras mi lengua se suelta también, sin medida—: Yo tenía una vida normal, ¿sabe? Sin grandes alardes. Tenía un trabajo, inestable, pero trabajo al fin y al cabo. Y era feliz con mi pareja, en nuestro pequeño apartamento en el centro de la ciudad. Hasta que, hará más o menos un año, una noche me despertó una pesadilla en la que estaba intentando apartar una enorme piedra que había delante de mí. Y así sigo, hasta hoy, cada noche y cada día, si me duermo, aparece en mi camino. Incluso hay días que sin necesidad de estar dormida, aparece de golpe y su sola presencia me noquea. Así que, al poco tiempo, me despidieron por llegar tarde un día sí y otro también. Empecé a quedarme en la cama porque me había acostado de madrugada y con una o varias copas de más, mientras mi pareja se iba a trabajar. Y porque, ni entonces ni ahora, tengo ganas de levantarme ni de vestirme. Y ya no digamos de limpiar la casa o de cocinar, con el chándal y las zapatillas tengo suficiente atuendo; total, lo único que hago es sentarme delante del ordenador a buscar por internet cualquier cosa, menos trabajo, como me dice ella cuando vuelve del despacho y entonces empiezan las broncas y los reproches...

»Ella, ella es maravillosa ¿sabe? Todo lo hace bien, no como yo, ella es elegante, inteligente, divertida... Y ella algún día se hartará y me abandonará, y yo no quiero pasar por eso, ¿me entiende? ¡No puedo!

Y suelto un suspiro enorme mientras me limpio la cara con la sábana. La doctora sigue de pie, tomando nota, no me atrevo a mirarla a los ojos, vuelvo a cerrar los míos, fuerte, muy fuerte. Me tapo la cabeza con la sábana hasta la coronilla. No quiero verla, ni a ella ni a nadie, seré imbécil, ya podía haber cerrado la boca. No sé cuánto tiempo hacía que no hablaba tanto. ¿Qué le importará a esta mujer mi vida? A nadie le importa mi vida, ni siquiera a mí, lo más mínimo.

—Tranquila, Susana, llore lo que quiera. Es bueno llorar. Pero tiene que empezar a tratarse desde hoy mismo. Le voy a pautar una medicación y voy a dejar pedida una cita para consulta conmigo esta misma semana y con psicología también. Mientras tanto, le recomiendo que siga usted hablando, con quien sea: familia, pareja, amigos. Desahóguese con quien pueda lo antes posible.

—No quiero ver a nadie, no quiero, quiero estar sola, nadie puede ayudarme.

—Susana, escúcheme. —Noto cómo pone la mano sobre mi hombro y lo aprieta con suavidad—. Poco a poco el tratamiento irá haciendo su efecto, pero tiene que dejarse ayudar. Verá cómo entre todos conseguimos mover esa piedra.

En ese momento se abre la puerta de la habitación, me bajo la sábana hasta la nariz y veo que, detrás de mis padres, está ella. Esperanza ha venido a verme.

CARA B- PISTA 5

Días eternos

Martina tacha el día en el calendario de la cocina. «Uno más y quizá, ojalá, uno menos», piensa. Guarda el bolígrafo en el cajón donde se encuentra el calendario del año pasado, con los días tachados desde aquel en que su hija se marchó. Con lo puesto y con la niña, con su única nieta, y a las que hace ahora doscientos treinta y dos días que no ve. Se le empaña la mirada cuando se da cuenta de que mañana es el cumpleaños de la pequeña. Tres añitos y el primero que no va a poder besarla. Ni regalos, ni tarta, ni velas, ni siquiera sabe si podrá hablar con ella por teléfono. Se limpia las mejillas y se seca las manos con el delantal, cerrando el cajón de un golpe.

Como una autómata va preparando los desayunos, su marido y el único hijo que aún vive con ellos están a punto de levantarse. Como un ritual coloca, siempre en los mismos sitios, vasos, tazas, platos, jarras con zumo, leche y café. El bote del Cola Cao, el azucarero, una bandeja con dulces y otra con tostadas. Por último, pone la aceitera y un bol con tomate rallado. Al lado de su plato y del de su marido coloca las pastillas que, como gasolina, han de tomar para poder empezar el día. Y terminarlo.

—Buenos días, mamá —dice Santi, dando un beso a su madre en la húmeda mejilla—. No llores, mamá, sabes que Marisa estará bien, es donde mejor puede estar.

—Mañana es el cumpleaños de la nena —dice Martina, notando cómo, de nuevo, se le llenan los ojos de lágrimas.

—Seguro que le harán una fiesta estupenda, allí hay más chiquillos como ella, lo pasará genial, tranquila —le dice su hijo, rodeándola con los brazos, muy fuerte, como si quisiera absorber esa tristeza que la desborda.

—¿Qué pasa? ¿Hay alguna novedad? —pregunta el padre con gesto de angustia.

—Nada, nada, Ramón, solo es que mañana es el cumpleaños de la nena —dice la mujer, recomponiéndose como puede y sentándose en la cabecera de la mesa.

—Hace mucho tiempo que Marisa no llama —dice Ramón, mirando cómo su mujer le sirve el café, ni muy largo ni muy corto, con un buen chorro de leche templada, casi hasta el borde, como a él le gusta.

—Tranquilos, ya lo hará cuando pueda, allí tienen sus tiempos y sus normas, si hay ausencia de noticias son buenas noticias, ¿no? —dice Santi, mirando a los dos alternativamente.

—Será, hijo, será —responde la madre, removiendo con desgana el azúcar de su taza.

Un silencio intenso se instala entre los tres, vuela sobre la mesa, sobre sus cabezas, sobre la cocina entera. Comienzan a desayunar sin mirarse, cada uno enfrascado en sus propios pensamientos que, sin saberlo, comparten los tres. Pasan apenas unos minutos, tan eternos como son sus días, cuando el hijo rompe el denso silencio.

—Me acabo de acordar, hoy no puedo acompañarte al mercado —le dice Santi a su madre con la boca llena de tostada.

—¿Y eso?

—Tengo una entrevista de trabajo. Por cierto, papá, necesito el coche, la empresa está en la ciudad.

—Sí, claro, hijo, las llaves están donde siempre.

—Pues tengo que ir a comprar, que no tenemos de nada, tendrás que acompañarme tú, Ramón —dice Martina, mirando a su marido con gesto de súplica más que de autoridad.

—Que traiga algo Santi cuando vuelva.

—No creo que pueda, volveré a la noche, he aprovechado para quedar con Luis y Alicia, me han invitado a comer. Papá, tienes que empezar a salir a la calle, además sabes que mamá no debe ir sola —dice Santi, sujetándose la ira que lucha por nacer.

—¡Déjame en paz! Ya saldré cuando a mí me dé la gana, no cuándo tú me lo digas. Si no se come hoy, no se come y se acabó la discusión. —Y Ramón se levanta de golpe, se levanta tan fuerte que no mide la distancia y la mesa se tambalea haciendo tintinear todo lo que hay encima, como si un pequeño terremoto la hubiera atacado. Sale refunfuñando hacia el salón, a tumbarse en el sofá y a dejar las horas pasar con la televisión encendida.

—¿No puedes llamar a alguna vecina? ¿A Rosi o a Tere? —dice Santi, empezando a recoger la mesa.

—Ya sabes, ellas tampoco van tranquilas conmigo... y las entiendo. No te preocupes, hijo, ya iré yo sola. Alguna vez tendrá que ser —zanja Martina lanzando un hondo suspiro como si quisiera aventar los miedos con un huracán.

—Vale, pero ten cuidado, a la mínima llamas a la policía, ¿vale? Lleva el móvil en la mano al ir y al volver, ¿de acuerdo? —insiste el hijo, cogiéndole las manos a su madre.

—Descuida, cariño, tendré cuidado. Tú ve tranquilo y que tengas mucha suerte con la entrevista. Dale un beso a tu hermano y a su mujer, diles que les espero aquí el domingo. —Y le da un beso y se abraza a él, muy fuerte, para recargarse de energía, toda esa energía que sabe le va a hacer falta.

Martina se ha vestido despacio, con lo primero que ha sacado del armario, poco le importa su atuendo, ya nadie en el pueblo la critica, y si lo hicieran le da igual. Al menos ella se viste, Ramón pasa del pijama al chándal y viceversa sin distinguir diarios de festivos. Pero bueno, a Ramón nadie le podría criticar porque nadie le ve, porque Ramón hace doscientos treinta y dos días que no pisa la calle.

Coge el carro de la compra, se mira en el espejo del recibidor, no se reconoce, el pelo se le ha ido volviendo cano y no recuerda cuánto hace que no pisa la peluquería. Las arrugas han aumentado alrededor de sus ojos y estos cada día amanecen más tristes. Suspira recordando aquella mujer que un día fue feliz, con sus tres chiquillos correteando a su alrededor y Ramón persiguiéndoles como si fuera el coco.

Ahora el coco está en la calle, el coco de verdad, y ella tiene que salir, tiene que ir a comprar, como le ha dicho a Santi, algún día tenía que ser. Se pone un abrigo, pero lo descarta y coge una chaqueta, este año el verano se ha alargado tanto que parece que nunca ha de llegar el invierno. Se ajusta bien las gafas de sol y, antes de coger el bolso, le da un beso a un retrato de su hija con la bebé recién nacida en brazos que hay sobre el mueble de la entrada. Siempre lo hace antes de salir. Y también antes de irse a dormir.

Cierra la puerta tras de sí, después de haber gritado un «hasta luego, Ramón», que este no ha dado muestras de haber escuchado. Mira a un lado de la calle y luego al otro, coge aire, mucho aire hasta llenar a tope sus pulmones y comienza a caminar rumbo al mercado. Va todo lo deprisa que puede, tanto que a veces se le tuercen los tacones haciéndola bambolearse como un tentetieso. Como el que le regaló a la nena cuando cumplió su primer añito, el mismo que acabó estrellado contra el ojo derecho de su hija unos días después.

Ha llegado al mercado sin contratiempos. Allí sabe que no se atrevería a asaltarla. Compra tranquila, entreteniéndose en cada puesto, conversando con vecinas y tenderos, que la saludan con alegría. Nadie pregunta lo que saben no deben preguntar. Tan solo hablan del tiempo, de este calor eterno que no parece querer irse nunca, de aquellos años en que por estas fechas ya habrían sacado las bufandas. Y Martina lo agradece y les sigue la conversación, viviendo el momento como si no hubiera pasado nada, como si todo fuera normal en su vida.

Pero el espejismo se difumina al regresar a casa. Al cruzar la penúltima calle antes de llegar a su destino, se le aparece de golpe, de frente, sin escapatoria.

—Buenos días, suegra —le dice el horrible ser que un día fue su yerno.

—Tengo prisa. Adiós, Germán —dice Martina, intentando esquivarle por la derecha y apretando muy fuerte su móvil que lleva en la mano izquierda.

—Un momento, mujer, tan solo es un momento. Estoy desesperado, Martina, necesito ver a mi hija, te prometo que he cambiado, te lo juro, si pudiera hablar con Marisa... ella me quiere todavía, lo sé —suelta el hombre como una metralleta, sin respirar casi, empezando a sujetar a Martina que quiere seguir avanzando.

—Suéltame o llamo a la policía —chilla Martina, mirando a los lados, suplicando ayuda, pero en ese momento nadie hay alrededor.

—Trae ese móvil, ya te digo yo a quien vas a llamar, llama a tu hija, ahora mismo, venga, quiero hablar con ella —le replica Germán en tono amenazante, con el rostro tenso por la ira.

—No tengo su número, no sabemos dónde vive ni nada de ella, por tu culpa. ¡Desgraciado! —Y Martina se zafa y grita todo lo fuerte que puede—. ¡Socorro! ¡Ayuda!

Varias ventanas se abren, los vecinos comienzan a increpar al agresor, Martina, temblando, suelta el carro y sale corriendo, sin mirar atrás, todo lo rápido que sus castigadas rodillas y sus nervios le permiten, sin parar hasta llegar a su casa. Entra y se derrumba, cayendo sentada con la espalda apoyada en la puerta que acaba de cerrar y llora y grita, grita hasta romperse las comisuras de los labios. Ramón sale del salón, alarmado, corre hacia ella y la levanta y la abraza.

—¿Qué pasó, Martina, qué pasó? —le dice mientras la sienta en el sofá.

Y ella entre hipidos le cuenta cómo se le apareció de golpe, que no pudo ni reaccionar, que de nada sirvió amenazarle con llamar a la policía, que le quitó el móvil, que los vecinos le hicieron huir y que se dejó allí el carro y la compra, y sigue llorando como una niña, abrazada a un cojín, balanceándose hacia delante y hacia atrás, sin dejar de repetir: «¡Ay mi hija, ay mi nena!».

Ramón le pasa la mano por la cabeza, le da un beso en la coronilla y se va hacia la cocina. Martina le oye trastear por los cajones, ruidos metálicos que le hacen poner la carne de gallina. Y vuelve a temblar, sin control, al oírle decir, a modo de despedida, bien alto, antes de cerrar la puerta:

—Ahora vuelvo, llama a la abogada que avise a la hija que ya puede volver a casa cuando quiera.

CARA B- PISTA 6

La carrera

Te despiertas con la ensoñación todavía habitándote, sintiendo la mano de mamá acariciando tu pelo; notando en tus mejillas sus besos inacabables; oyendo sus risas y, sobre todo, su voz, esa maravillosa voz que te despertaba cada mañana con ese «buenos días, cariño mío», esa cálida voz que hace ya cincuenta y cuatro días que desapareció. Al menos en la realidad, porque tú sigues oyéndola, cada mañana y al irte a dormir, notando cómo te arropa y te desea «buenas noches, cielo mío». Todavía el paso del tiempo no ha arrasado con todo eso como sucedió con ella.

Porque así terminó sus días tu pobre madre, fulminada. Ni siquiera tuvo tiempo de gritar. Ella siempre tan cuidadosa, tan pendiente de todo, no se dio cuenta del cable pelado, del cable asesino, que rozó la piel húmeda de su brazo mientras se secaba el pelo y que la hizo dejar este mundo de manera instantánea. Tu padre fue el primero en salir corriendo al escuchar el golpe que dio su cuerpo al caer en el suelo del baño y sus gritos fueron lo que te impulsaron a salir de tu habitación. Te quedaste como un palo ante la puerta del cuarto de baño, impávido, congelado, ni lágrimas, ni gritos, ni un pestañeo, hipnotizado ante algo que tu cerebro era incapaz de procesar.

Miras el reloj de la mesilla de noche y te das media vuelta. Una de las ventajas de tener el último turno en el trabajo es poder remolonear en la cama hasta que te cansas, hasta que el colchón te escupe por aburrimiento. Te subes las sábanas hasta taparte la cabeza y sigues acordándote de ese maldito día. La ambulancia aullando a los pies de tu ventana, los sanitarios avisando a la policía, «no toquen nada más, podría ser el escenario de un crimen». Tu padre derrumbado en el sofá con una enfermera cogiéndole la mano y ofreciéndole unas pastillas, a las que también te invitó. Pero tú ni la miraste, seguías en *shock*, viendo cómo entraban los de la policía científica, cómo tomaban fotografías de tu pobre madre, tirada en el suelo con el albornoz medio abierto, ni a tu padre ni a ti se os ocurrió cerrarlo, al menos para darle un poco de dignidad en el último momento. ¡Ay si ella se viera así, con lo cuidadosa que era siempre con su aspecto! «Hijo, según te vea la gente así te tratarán, ve siempre bien vestido y aseado, se te abrirán todas las puertas. Nadie quiere cerca a gente zarrapastrosa». Eso decía ella, la pobre.

Y el olor. Ese horrible olor a carne chamuscada que tardó días en abandonar el piso y que aún reverbera en tu pituitaria revolviendo tu estómago como aquel día.

Aún hoy sigues sin saber las horas que pasaron hasta que por fin la jueza dio la orden para que llamaseis a los de la funeraria. Tanto ella como el forense que la acompañaba coincidieron en que era evidente la forma de la muerte, por lo que no haría falta efectuar autopsia. «Ve buscando un vestido para tu madre mientras llamo al seguro», te dijo tu padre, mirándote sin verte, como un personaje de *Walking Dead*. Y las lágrimas vuelven a ti como en aquel momento, cuando abriste su armario y te golpeó el aroma de su perfume, ese de Carolina Herrera que siempre le regalabas para su cumpleaños. Aquellas lágrimas que salieron en torrente, como el desbordamiento de una presa, y revives cómo caíste al suelo, con una blusa suya de improvisado clínex, y cómo estuviste así hasta que tu padre vino a levantarte e intentó consolarte, con poco éxito. Si hubiera sido al contrario, mamá te habría arrullado hasta que se te acabasen las lágrimas, como cuando eras pequeño.

Entonces te acuerdas de la primera vez que lloraste con conciencia y sin consuelo. Era tu primer año de colegio, tenías seis años, mamá no quiso que fueses ni a la guardería ni a educación infantil, para eso ella había dejado su trabajo, para dedicarse a cuidar de ti. Ese día saliste con una nota de la profesora, tenían que autorizarte a ir de excursión, una visita al Museo de Ciencias Naturales; tu mamá la leyó y te acarició el pelo, «cielito mío, ya sabes que tú no puedes ir, pero no te preocupes, yo te llevaré, es más seguro y lo pasaremos bomba». Pero no lloraste por eso, a ti te encantaba estar con tu madre, ella era más divertida que los niños y las niñas del colegio, a los que evitabas en todo momento. Lloraste por la pelea que tuvieron tus padres esa tarde y que se te quedó grabada en la memoria para siempre. También porque ya no hubo más peleas.

—El martes que viene me llevo a Pablito de excursión, tendrás que comer por ahí —le dijo a tu padre, muy sonriente, mientras te preparaba la merienda.

—Creo que debería ir con su clase y no contigo —dijo tu padre, enfadado, con la nota de la profesora en sus manos.

—No vuelvas con lo mismo, ya lo hemos hablado mil veces. Nada de excursiones, ¿tú sabes la de niños que se pierden? Son muchas criaturas para una sola profesora, es mucho más seguro que lo lleve yo.

—Acepté que el crío no fuese al colegio hasta ahora, pero ya que va, que vaya con todas las consecuencias, ¡joder! —gritó tu padre, pegando un golpe en la mesa.

—¿Es acaso obligatorio ir de excursión? Lo que tienen que hacer en el colegio es enseñarle a leer, a escribir, a sumar y restar. Además, él prefiere venir conmigo, ¿verdad, cariño? —contestó ella, con un tono de voz tan bajo que costaba trabajo oírla.

—¡Tiene que relacionarse con los otros niños! Y hacer otras cosas, no estar siempre contigo. Le vas a convertir en el rarito del colegio, se reirán todos de él, le dejarán de lado, ¡joder! —seguía gritando tu padre, sin darte opción a intervenir, aunque tampoco lo intentaste, tu madre te hizo un gesto que captaste a la primera: mejor estar calladito. Con una mirada, no hacía falta nada más.

—Cielo mío, vete a tu cuarto a hacer los deberes, toma, llévate el bocadillo, hoy te dejo merendar allí —te dijo tu madre, revolviéndote el pelo como solo ella sabía hacer. Y cerró la puerta de la cocina y tras ella los gritos siguieron, cada vez más alto, cada vez más golpes, en la mesa, en la puerta, en la pared. Hasta que tu padre salió de la casa, pegando un portazo y dejando en el aire del pasillo su última sentencia retumbando:

—¡Allá tú con tu hijo! ¡Yo no quiero saber nada! ¡Jamás!

Y así fue, tu padre nunca más se inmiscuyó en nada relacionado contigo, ni con tu educación ni con tu alimentación ni con tu ocio. Nada relativo a tu vida parecía importarle y la verdad es que a ti te dio igual, con mamá era suficiente, ella llenaba todo lo que necesitabas al instante. Para ti solo era un señor que iba a trabajar todos los días y los fines de semana al bar, a echar la partida o a ver el fútbol.

El agua de la ducha cae por tu cabeza mientras te frotas con energía, como ella te enseñó, como ella hizo hasta que cumpliste los catorce, «ya vas siendo un hombrecito, cariño mío». La verdad es que te hubiera gustado ser un niño toda la vida. Poco a poco se fueron espaciando los cuentos, las cosquillas en la barriga hasta que no podías más de la risa. Y también esas noches en las que te quedabas dormido con la cara llena de lágrimas, de las bonitas.

La etapa de educación secundaria fue una tortura, tu táctica de pasar desapercibido que tan buen resultado te dio en el colegio fue inútil en el instituto. Los matones tienen la habilidad de encontrar fácilmente al más débil. Y aunque tu madre estaba en el despacho del director un día sí y otro también, de poco sirvió. Zancadillas, patadas, empujones, caricaturas en la pizarra, a diario. Y por supuesto, no podían faltar los insultos: bola de sebo, tanque de fideos, con tu grasa comería media África, y muchos más que poco a poco has ido olvidando. Al menos, mamá consiguió que te declarasen exento de asistir a las clases de educación física, alegando problemas de salud que un médico amigo suyo certificó. Allí era más difícil la escapatoria.

Apenas has comido, sigues con el estómago revuelto, tanto recuerdo ajetreando tu cabeza. Si hubieras echado un rato jugando con la consola no le habrías dado opción, pero hoy amaneciste con la tristeza y la añoranza atrincheradas en tu mente. Abres el armario y sacas la percha con tu uniforme azul de conductor de autobús madrileño, camisa azul claro de manga corta, con el logotipo amarillo de la empresa serigrafiado en el bolsillo, y pantalón azul marino, y ves la cara de tu madre, lo contenta que se puso cuando aprobaste la oposición. Si no hubiera sido por ella, nunca lo habrías conseguido. Ella te ayudó con los temas, te ayudó con la dieta, te acompañó al examen, te esperó en la puerta para abrazarte y juntos fuisteis al centro, a tomar un buen chocolate con churros para celebrarlo. De nuevo las lágrimas ganan la batalla cuando tu mirada cae sobre la cómoda, donde está el primer autobús de juguete que ella te compró cuando te llevó de excursión al museo de los autobuses.

Durante el trabajo has estado concentrado, llevar tantas vidas a tu espalda es responsabilidad suficiente para arrinconar la melancolía. Ya solo te queda el último viaje de la jornada. Estas en cabecera de la línea, no hay ningún pasajero esperando en la parada y hasta dentro de diez minutos no está prevista la salida. Palpas en el bolsillo del pantalón el paquete de tabaco y el mechero. Hoy hace cincuenta y cuatro días que empezaste a fumar, alguien en el velatorio te ofreció un pitillo y, tras las primeras toses, descubriste que expulsar el humo de tus pulmones, ese intenso soplido de color blanco, te hacía sentir mejor.

Te bajas y vas hacia la marquesina para estirar un poco las piernas. Y justo cuando enciendes el pitillo un ruido te hace girar la cabeza... ¡el autobús se ha empezado a mover! No puede ser, te dices, ¿acaso se te olvidó echar el freno de mano? Tiras el cigarro y corres con la intención de subir, habías dejado la puerta abierta, pero no llegas a tiempo. ¡Maldita sea!, la calle es cuesta abajo y el autobús coge una velocidad endiablada. Corres, corres, todo lo que puedes, pero tu cuerpo no da de sí, cómo va a dar si no has corrido en tu vida. El vehículo continúa acelerando, directo al puente, directo al río donde va a caer. Te llevas las manos a la cabeza, no puedes creerlo, cómo explicarlo a tu jefe, cómo contarle a nadie semejante estupidez. Caminas por la ribera, resoplando, intentando calmar tus pulsaciones, te sientas en un banco y te quitas los zapatos. Los pies te arden, el pecho te arde, echas la cabeza hacia atrás, unas manos revuelven tu pelo... «*Yo también te echaba de menos, cielo mío*».

CARA B- PISTA 7

Como un erizo sin púas

Lucía camina cabizbaja, no sabe a dónde va, ni le importa. Los hombros encogidos como si quisiera enrollarse sobre sí misma; las manos lacias, colgando como un apéndice innecesario de unos brazos que ni siquiera se balancean al caminar. Y los pies, los pies arrastrando su pequeño cuerpo hacia ninguna parte, hacia ningún lugar, donde sea le da igual, mientras sea lejos, muy lejos de todo lo que ha sido su vida hasta aquel horrible momento.

Su deambular termina en el parque de su barrio. Ha ido andando sin rumbo queriendo llegar lejos y ni eso sabe hacer, ha ido a parar donde menos quería estar. Tira la mochila al suelo y se sienta en un banco, en el banco donde siempre se sentaba con Daniela. Sube los pies y dobla las rodillas, ovillada como un erizo ante un ataque mortal. Ojalá fuese un erizo, piensa, ojalá fuese un erizo con púas de hierro que se clavasen en quien quisiera tocarla. O mejor aún, que se clavasen hacia dentro y terminasen con ese puto dolor de una vez. Nunca nada le había dolido tanto, ni siquiera cuando el año pasado murió su abuela había sentido ese vacío en la boca del estómago, ese grito en el pecho que no puede salir, esas lágrimas retenidas en el dique de su angustia.

Balanceándose, abrazada a sus rodillas, recuerda el día que conoció a Daniela. Cierra los párpados y puede verla entrando en la clase, por el pasillo central hacia la mesa de la profesora, con sus ojos muy abiertos. Y pálida, palidísima, pálida como la luna. Lucía no había visto a nadie así en su vida. Daniela, además de la piel, también tenía el pelo blanco, blanquísimo, casi transparente. En ese momento, Lucía pensó que era una chulada, que seguro que sería teñido, como el de la prima de su madre que lo llevaba blanco y muy cortito. Pero no, Daniela no lo llevaba teñido, tan blancas eran sus pestañas como sus cejas, blanca por dondequiera que la mirases.

Cuando la profesora la presentó a la clase, explicó que en el mundo hay personas albinas y que, un problema genético para producir melanina, responsable del color de la piel y del pelo, les da ese especial aspecto. Le dio la bienvenida al colegio y le dijo que se sentase donde hubiera hueco libre. Hubo murmullos y cuchicheos y risas, algunas más altas que otras, unas más malignas que otras. La profesora dio un golpe en la mesa y exigió que todos los alumnos fueran amables con ella y pidió un voluntario o voluntaria que se ocupase de enseñarle las instalaciones y de acompañarla los primeros días.

Entonces, sin saber por qué, recuerda cómo la cogió del brazo y le indicó el pupitre vacío que había a su lado. Y cómo, desde ese momento, se convirtió en su mejor amiga y ella en la única amiga de Daniela.

Un calambre en el pie derecho le hace pegar un brinco. No sabe cuánto tiempo lleva allí. No quiere sacar el móvil para mirar la hora, habrá cientos de mensajes y de llamadas perdidas de su madre, no puede no contestar si los ve, mejor ignorarlos. Ignorar todo. Se masajea el pie hasta que afloja el tirón y se tumba bocarriba y se estremece al sentir la madera bajo su nuca: le faltan las piernas de Daniela. Se agolpan en su cabeza tantas tardes de interminables charlas y confidencias, amontonadas en tropel, que le impiden coger aire. Cuando consigue abrir los pulmones, la que se abre paso entre todas es aquella tarde en la que discutieron por última vez.

—Tienes que denunciarlo, Daniela, no puedes seguir así, tía.

—Nadie me creerá, ya ves a los profesores, siempre mirando para otro lado.

—A tus padres, cuéntaselo a tus padres, mi madre dice que hay que denunciar al colegio si hace falta.

—¿Se lo has dicho a tu madre? Joder, tía, ahora se lo irá contando a todo el mundo —dijo Daniela, levantándose del banco de un brinco, como si le hubiera aguijoneado la abeja reina.

—Es que hay que contarlo, hay que hacer algo, no puedes seguir dejando que te traten así.

—¡No, eso no! Eres idiota, tía. ¿No ves que si lo cuento todavía se volverán más agresivas? ¿No te acuerdas de lo que pusieron en *Insta*? Ahora tu madre se lo dirá a la mía, y a sus amigas, y todo el mundo se enterará... pensaba que eras mi amiga, ¡joder, Lucía! —Y ve, como si estuviese allí mismo, cómo cogió su mochila y se dio la vuelta, tras lanzarle una mirada que aún lleva clavada en el alma.

—¡Para, párate, por favor, Daniela, tía, no te vayas! Soy tu amiga, por eso se lo dije a mi madre, podemos ayudarte, de verdad. Puedes venir a la misma psicóloga que voy yo. —Y recuerda cómo Daniela se giró y también recuerda, con todo el dolor del mundo, lo que le dijo y lo que ella le contestó:

—¿Qué harías si yo muriera?

—Si tú murieras yo también querría morirme.

Vuelve a sentarse agarrándose fuerte el estómago, mientras siente en cada célula de su cuerpo cómo se abrazaron, cómo se acunaron, cómo acarició su largo pelo blanco y cómo sintió, por primera vez en su vida, la impotencia, la horrible sensación de no poder ayudar, de no poder hacer nada. Y la de no entender por qué esas chicas la tenían tomada con ella, el porqué de esa violencia, ese no dejar vivir. Y por qué solo con ella, con Daniela. Y ahora Daniela ya no está y ella se mete debajo del banco, quiere que la tierra se la trague, quiere encogerse como un erizo con las púas de hierro hacia dentro y clavárselas todas para así cumplir su promesa, para ir a su encuentro, para decirle que siempre será su amiga, que nunca estará sola.

CARA B- PISTA 8

Cerrando asuntos

Otra noche en blanco, como el papel que tengo delante. Blanco e impertinente, como mi calva. Una noche más sin dormir, otra noche que solo ha servido para remover la mugre, para trastornarme más de lo que estoy, si es que es posible. Ya hace tiempo que mi mente fundió a negro, que solo funciona a base de química y terapias. Y no siempre. Para hacer la cuenta recurro a la edad de mi hija, veintinueve tiene Clara ahora, pues veintidós llevo trastornada. Matemática pura y dura.

Será que los *tranquimazines* que llevo tomando desde entonces ya no cumplen su función, se han fundido en mí en una aleación perfecta y ni aumento de dosis ni suplementos de herboristerías que valgan. O quizá sea que con tantas pastillas que tomo ya no sepan dónde tienen que ir. Y eso que las coloco siempre en la misma posición, por colores, al lado del plato, como hacía Tomás. Primero la blanca redonda, luego la amarilla, a continuación la cápsula roja y cerrando la fila con la verde. Para que no se pierdan en el camino, decía él. Tenía un humor muy fino, Tomás, como todo. Seguramente también lo hizo el día que se tomó la caja entera de las cápsulas rojas, directas al corazón, no se desviaron ni un ápice: se lo pararon a la primera.

O quizás sea un efecto de saber que el final está cerca. Tres meses siendo optimistas dijo el oncólogo, cuando una sabe de sobra que el optimismo no es una virtud destacable de los oncólogos, en particular, ni de los médicos, en general. «Vaya organizando sus asuntos», me dijo, si eso es optimismo que venga Dios y lo vea.

Vuelvo a colocar el folio en el centro de la mesa, cojo el bolígrafo y comienzo de nuevo a escribir. Lugar y fecha, destinatario, saludo formal, no, mejor informal. A una hija no se dirige una de modo formal, aunque sea muy serio lo que se le vaya a contar, trascendental quizá... Quizá no, seguro. Querida hija, muy clásico. Tachado. Mi niña, querida. Tachado por cursi, además de niña ya no tiene nada, aunque sea cierto eso de que para una madre sus retoños siempre tendrán cara infantil. Hija mía. Vale, me gusta, aunque podría ser un oxímoron clarísimo, es hija pero ya no es mía, hace años que es solo suya y de nadie más. Cuánto me gustaría poder volver atrás y sentir de nuevo esa sensación de ser el centro de su universo, su diosa, su modelo a seguir.

Llevo varias cartas escritas en mi cabeza, cientos de varias, cada noche compongo mentalmente unas cuantas.

Pero cuando me siento ante el papel donde tengo que volcarlas, mi mano se bloquea, mi cuerpo se bloquea, mi mente se bloquea. No, mi mente no se bloquea, mi mente comienza la guerra de trincheras: «para qué le vas a dar a la niña ese disgusto, mujer, si total después de tantos años, qué más da. Ya no merece la pena. Dedica tus últimos días a disfrutar de su compañía, invítala a comer, al teatro, al cine. Como cuando era pequeña, una de Disney y un Burger King». Mi mente es perversa, trae al frente material bélico de primera, me boicotea y me frena.

Pero debo hacerlo. No me puedo llevar esto conmigo. Por ella y por aquellas niñas, sus amigas, las cuatro inseparables como las llamábamos. Ellas lo eran y nosotras, las madres, también. Aquellas mujeres que entonces consideraba mis amigas, las únicas que he tenido en mi vida. Veintidós años de silencio. ¿Les habrán contado ellas a sus hijas lo que pasó? Bueno, si no ya lo sabrán cuando Clara les lea mi carta. Esta confesión es para las cuatro. Quién sabe, quizá ellas sí puedan retomar su amistad y recuperar el tiempo perdido. Quizá. Para nosotras no hubo opción, aquel día la nuestra quedó dinamitada para siempre.

—Hoy tomamos el desayuno en mi casa —dijo Isabel, muy seria, cuando las niñas entraron en el colegio, aquella inolvidable mañana.

—Vale —respondieron Raquel y Amanda, rápidamente, dirigiéndose unas miradas entre las tres que, en ese momento, produjeron un pequeño tintineo de alerta en mi interior. Y aunque me di perfecta cuenta de que algo tenían hablado entre ellas, no pude ni imaginar lo que sucedería después. Y eso es lo que tengo que contarle a Clarita.

Llegamos a casa de Isabel y ni café ni nada, entraron al tema casi antes de que pudiera terminar de sentarme. Me dejaron sola, en el centro del sofá, y ellas se sentaron en sillas enfrente de mí. Aquello fue un consejo de guerra en toda regla.

—Hay un problema con las niñas, bueno con tu marido y las niñas —me espetó Isabel, desde su tribuna.

Y empezaron a soltar, atropellándose unas a otras, aquellos misiles increíbles que, en ese momento, me paralizaron: «Tomás toca a las niñas. Alicia nos ha contado que las toca, a todas, a la tuya también y que se toca él». Las terribles acusaciones rebotaban de la una a la otra y mi mandíbula se iba desencajando aún más cuanto más hablaban, enardecidas, «le vamos a denunciar, os vamos a denunciar a los dos», dijeron, gritaron. Aguanté con las manos sudorosas apretando mis rodillas todo lo que duró el bombardeo, intentando asimilar toda aquella mierda, hasta que, ante mi silencio, comenzaron a callarse. Entonces fue cuando intenté aprovechar el turno de réplica.

—Esto me parece alucinante, la verdad. ¿Os estáis oyendo? No os habéis podido ni plantear que sea una invención de Alicia, todas la llaman doña Fantástica, será por algo, ¿no?

Volvieron a encenderse como teas, sobre todo Raquel, la madre de Alicia, que si no la hubiesen sujetado las otras, me habría sacado los ojos. Y de nuevo el contraataque: que si las niñas no podían inventarse esas cosas, que solo tienen siete años, que además había pasado varias veces, en las fiestas de pijamas, sobre todo, que cómo no me había dado cuenta. A no ser que yo fuera cómplice de todo... Y hasta ahí pudimos llegar. Pude llegar.

—Parece mentira que no conozcáis a Tomás, lo cariñoso que es con las niñas, las quiere con locura. ¡No podéis confundir unas cosas con otras! —les dije gritando—. Y no, yo nunca he visto nada de eso que contáis y Clarita tampoco me ha dicho nada, jamás. Todo esto son mentiras, burdas mentiras. ¡Estáis locas! A ver si los que os denunciamos somos nosotros, no tenéis ni una maldita prueba, nada más que los cuentos de una niña de siete años, ¡venga ya!

Y me fui, o me echaron, ya no recuerdo muy bien, quizá ambas cosas. Y noqueada como un púgil en su primer combate, fui deambulando por el barrio intentando ordenar, intentando calmar mis pulsaciones que iban tan descontroladas como mi cerebro, intentando recordar aquellas fiestas de pijamas, aquellas niñas con sus risas. Al derrumbarme en un banco de la calle, se me plantó delante de todos esos recuerdos aquella insistencia de Tomás cuando llegaba la hora de apagarles la luz: «deja, deja, ya voy yo a contarles un cuento, tú descansa un poco».

CARA B- PISTA 9

La importancia de un segundo

La joven se sienta en el borde de la cama y se limpia el sudor del cuello con la sábana. Con cuidado, sin tirar mucho, no se despierte el León que ocupa dos tercios de la escueta cama del camarote de tercera clase. Abre la boca varias veces y un angustioso peso en el pecho la empuja a levantarse. No olvida hacerlo despacio, no se despierte la fiera. Se viste con la ropa que a oscuras encuentra y sale al bamboleante pasillo. Se parece a una hormiga avanzando por los estrechos canales del hormiguero, sujetándose a los mamparos con sus delicados brazos, cada día más delgados. Sube por la estrecha escalera que lleva a la cubierta del barco y, al salir, el aire fresco y húmedo la reconforta.

Llega a la única zona de cubierta que se puede visitar por la noche, un espacio restringido en la popa y vigilado por dos miembros de la tripulación, uno a estribor y el otro a babor. El resto está cerrado para evitar desapariciones, voluntarias o involuntarias, según les contó el capitán de la nave, la noche que se dignó cenar en la mesa de los viajeros de tercera. Imposible apoyarse en la barandilla, una gruesa cadena le impide el paso. Tiene que conformarse con ver la mar de lejos, con sentir su olor, sentir cómo se va pegando a su cuerpo, la sal agarrándose a su piel.

—Buenas noches, señorita, mejor hoy siéntese en una de estas hamacas, hay un poco de mala mar, no se vaya a caer —le dice uno de los vigilantes, más o menos de su edad, con el que coincide por segunda vez, mientras le ofrece una mantita de cuadros—. Tenga, esta humedad cala hasta los huesos y no se la quita usted en varios días.

—Muchas gracias. Señora, si no le importa —le dice la joven, y le muestra el dedo anular de la mano derecha, donde reluce el fino anillo que indica su reciente estado civil.

Hace justo ocho días que es la señora de Valdés, la señora del León. Ocho días de aquella boda clandestina, en una oscura y pequeña iglesia de un pueblo perdido de la frontera entre Salamanca y Portugal, del que es incapaz de recordar el nombre. Clandestina y triste boda, sin invitados ni celebración, ni ramo, ni vestido blanco. Tan solo los novios, dos parroquianos que hicieron el papel de padrinos, y que el León le dijo que pertenecían al partido, y por supuesto, el cura que, por unas cuantas pesetas, hizo la vista gorda con la falsa autorización paterna que le permitía casarse, pues en aquella España de entonces, a sus dieciocho seguía siendo menor de edad.

Ahí fue cuando sintió por primera vez el aguijón de la nostalgia de su padre. Al ver ese garabato en el papel que le permitía ser propiedad de otro hombre. Al no verle a su lado en el altar, con una flor en el ojal y su sonrisa ancha. Pero el aguijonazo fue breve, aún el encantamiento estaba intacto, seguía vivo e intenso ese gusanillo en el estómago y ese escalofrío de nuca a entrepierna cada vez que Felipe la miraba. Entonces todavía no era el León, todavía era ese hombre guapísimo, casi igualito a Juan Pardo, su ídolo musical. Aquel hombre que se fijó en ella un día en el baile del barrio; que, además de guapo, era listo; que le abrió los ojos al mundo y le habló de repúblicas y pasionarias; de represión y libertad; de dictadores, democracia y sufragio universal. Que le enseñó a bailar y a correr delante de los grises. Y que le prometió la luna y el sol, mientras ella se perdía en sus inmensos ojos azules.

—Disculpe, ¿cuánto queda para llegar a Venezuela? —pregunta la joven al marinero, mientras se sienta en una hamaca cualquiera, no hay problema de elección, no hay ningún viajero con quien disputar.

—Pues, si Dios quiere, dentro de diez días, más o menos, llegaremos a La Guaira, señora —le contesta el muchacho y se aparta un poco de ella, no mucho, lo justo para quedar apoyado contra el mamparo.

—¡Diez días! No sé si lo resistiré —dice la chica con gesto de fastidio—. ¿No tendrás un cigarrillo por ahí?

—Lo siento, señora, el capitán no nos permite fumar estando de guardia.

—¡Menuda idiotez! —dice la joven, recostándose de golpe y dejando salir un soplido de hastío.

Y entonces se pone los dedos en la boca y empieza a fumarse un cigarrillo invisible, sintiéndose mejor conforme sopla ese aire imaginario que le afloja la presión del pecho. Y le da la risa tonta, esa que no sabe por qué viene ni a cuento de qué y que no puede controlar. Esa risa loca e independiente, a veces inoportuna, que brota de forma espontánea desde que era pequeña y que le obliga a sentarse y a sujetarse la tripa. Esa risa de la que siempre se contagiaba su padre, como ahora le acaba de pasar al marinero.

La joven interrumpe sus carcajadas bruscamente y el muchacho también se calla. Ella lanza al suelo el cigarrillo imaginario y se tumba de nuevo, mirando al cielo, empieza a señalar con el dedo las estrellas que van cayendo, dejando su estela brillante, disolviéndose en la oscuridad. Va contando en voz alta, una, dos, tres... como hacía muchas noches, sobre todo en verano, cuando era pequeña en el patio de la casa con su padre, cuando aún vivían en el pueblo. Los dos tirados en el suelo jugando a ver quién contaba más estrellas fugaces, hasta que salía su madre dando voces, diciéndoles que andar tirados por el suelo era cosa de animales y, entonces, se acababa la magia.

Su madre. Con su madre no hay aguijón que valga, su recuerdo no le produce ninguna añoranza, esa mujer siempre enfadada, sobre todo desde que se instalaron en la capital. Más arisca y antipática conforme ella fue creciendo. Retumban todavía en su cabeza sus gritos, todo lo que le dijo la última vez que se vieron, el día que decidió ser *Anduriña*[2].

—¿Así nos lo agradeces, desgraciada? Todo lo que hemos sacrificado por ti para esto, ¿para que te largues con ese rojo que te dobla los años?

—Yo nunca os pedí nada.

—Claro, ella nunca pidió nada. Si fue cosa de tu padre y de la maestra. ¡En qué momento le dijo que la niña valía para estudiar! Y venga, tu padre a vender casa, ovejas y campo, para venirse a la ciudad a trabajar como un mulo para que la niña estudiase y ahora la niña nos sale con que se va a Venezuela con ese don nadie. Y tú, Pedro, di algo por una vez.

Y recuerda cómo su padre, que había estado mudo, sentado en un rincón con la cara hundida entre sus manos, se levantó y lívido como un cadáver, le dijo:

—¡De eso nada, tú no vas a ninguna parte! —Y entonces llegó el tortazo, el primero que recibía en su vida, que le dejó la mejilla caliente y roja, y el alma rota. Igual que se la deja el León cada noche desde la noche de bodas.

El marinero le acerca un pañuelo sin decirle nada, ella se limpia las lágrimas que como pequeños riachuelos han

2. Canción de moda de finales de los sesenta, interpretada por el dúo Juan y Junior.

ido bordeando su cara y se vuelve a arropar con la manta, enrollándose como si fuese un buñuelo.

—Gracias, eres muy amable. ¿Podrías traerme algo de agua? ¿O eso también lo tenéis prohibido? —le dice la joven, con un gesto de guasa forzada.

—Eso sí, ahora mismito se la traigo, tardo un segundo.

Al volver, el muchacho comprende la importancia de un segundo, al sentir cómo el vaso se le cae de las manos cuando ve que solo le espera la mantita de cuadros arrugada sobre la hamaca.

CARA B- PISTA 10

Se acabó

La claridad de la mañana me despierta y lo primero que veo es el calendario que colgó mi nuera en la pared que hay enfrente de mí cama, «para que sepa usted el día en que vive», me dijo la muy zorra. Pero yo sé que lo puso ahí para restregarme por la cara los días que llevo viviendo aquí, en casa de MI hijo. Yo no quería, bien lo sabe Dios, pero mi Enrique insistió, «Mamá, recién operada no puedes estar sola, te vienes a casa que así te podremos cuidar mejor». Y la verdad es que, tontamente, han ido pasando los días y los meses; vamos, que ya llevo aquí más de dos años. Y lo que queda, porque yo, lo que se dice prisa para irme, no tengo.

Y es que mi hijo es un encanto. Tan cariñoso, tan bueno, nunca, jamás de los jamases, me dio el más mínimo disgusto... hasta que se casó con esa mujer. Enriqueta se llama, pero ella quiere que la llamen Kety, la muy cursi. Pues no, señora, te llamas Enriqueta y te aguantas. ¡Ni muerta me oirá esta llamarla Kety! Hay que ver, con la cantidad de chicas majas que le rondaban en el pueblo. Y ya no digamos en la universidad. Porque mi niño era un partidazo, con ese físico que heredó de mi marido ¡Ay, en gloria esté mi Fernando! Cuatro años hace que nos dejó y aún no me hago a la idea. Mi Enrique es igualito: metro ochenta y cinco de hombre, rubio, con unos ojos grises para perderse, y tan bueno e inteligente como él. Vamos, que me sacó la carrera con unas notas de matrícula de honor. Claro, así se lo rifaban las empresas, tanto que enseguida se colocó en una multinacional y empezó a ganar buenos dineros. Y entonces se le cruzó la zorra.

El primer día que la trajo a comer a casa, como novia oficial, Fernando y yo enseguida nos dimos cuenta de que no era la nuera ideal. Lo primero que nos chocó fue que se llamase Enriqueta. Anda que vaya pareja, los dos con el mismo nombre. Pero ellos se reían, decían que los amigos les llamaban los «bises»... Ya ves tú qué gracia, yo no se la veía por ninguna parte. Aunque ese mismo día, ella nos pidió que la llamásemos Kety, como hacían su familia y amigos. Fernando sí que la llamaba así, pero yo... ¡Yo ni muerta! Y así sigo: Enriqueta, *bonita*, por aquí; Enriqueta, *cielo*, por allá, remarcando mucho los calificativos, mientras la muy bruja me fulmina con la mirada. Porque eso sí, jamás podrá decir mi hijo que no soy cariñosa con ella.

Lo segundo que no nos gustó fue su aspecto: bajita, ancha de hombros, con un pelo ni castaño ni negro, siempre despeinado, con unos ojos marrones de lo más vulgar. Tan vulgar como su empleo, el poco tiempo que trabajó, claro, dependienta de supermercado. A ver, que yo no soy clasista, pero vaya, que digo yo que mi niño se merecía algo a su altura, ¿no? Todo un doctor en económicas, el primero de su promoción y va a enamorarse de semejante engendro. Pero así fue, la tía se pegó a él como una lapa y cuando nos descuidamos ya se habían casado y traído dos criaturitas a este mundo: Juanito y Laurita.

¡Ay, mis nietos, con locura les quiero yo! Pero parece que han heredado el carácter agrio de su madre. Vienen del colegio y si me descuido ni me saludan, cogen la merienda y se encierran en sus habitaciones hasta la hora de la cena. A veces consigo llevarles antes al baño y les lavo bien lavados, porque esta mujer les lleva como unos marranos; al menos a la mesa que se sienten limpios, como Dios manda. ¡Y qué mal educados les tiene! Ni siquiera les enseña a coger bien los cubiertos ni a comportarse como es debido. Definitivamente han salido a ella, qué desgracia, con lo educado y fino que es mi hijo. Y tan bueno, que no habla por no ofender.

Oigo pasos, será mi hijo querido que me trae el desayuno como todos los días... pero no, él nunca llama golpeando la puerta de esa manera.

—Angelita, ¿está despierta? —chilla la zorra de mi nuera.

—Sí, *Enriqueta*, pasa, pasa, *cariño*.

—Tenga, mire lo que ha hecho el *sinsangre* de su hijo. —Y me lanza un papel con muy mala leche—. Vaya preparando la maleta que se larga para su casa, ¡ya mismo! En cuanto esté lista le pido un taxi. —Y sale pegando un portazo sin darme tiempo a reaccionar. Cojo el papel. Parece una carta, la abro y no puedo creer que mi hijo haya podido escribir semejante cosa:

Querida mía:

No tengo valor para decirle a mi madre que vuelva a su casa. Os quiero mucho a las dos y soy incapaz de elegir. Por eso, he decidido irme. Aún no sé dónde me llevarán mis pasos, cuando me ubique te daré noticias. Dinero te dejo de sobra para una temporada. Dale un beso muy fuerte a los niños y diles que, algún día, nos volveremos a ver.

Te quiere,

Enrique.

Este libro se terminó de editar en Granada

en marzo de 2025 por

Aliarediciones

www.aliarediciones.es

info@aliarediciones.es